KB261966

봄빛절벽

봄빛절벽

노혜봉 시집

문학세계사

한평생이 침묵으로 빚어진 얼굴
얼이 온전히 자리 튼 평안한 골
이 시집을 어머님께 바칩니다.

삶이란
부싯돌과 돌이 부딪쳐 불빛이 반짝하는
그 찰나를 잡고, 바늘귀에 실을 꿰는 일.
그 꿈바탕에 누워 귀잠을 잤다.

마음 울타리 바깥을 한참 동안
물그림자 소리를 지우며 돌았다.
꽃물결, 너의 내밀한 心池를 닦아보는
나, 아직은 허우적거릴 뿐.

詩集을 사막으로 시집 보내는 심정이다.
자연 앞에서 나는, 한낱 無多子.
툭, 툭 끊어진 실오라기 같은—
다시 먼나무 쉼터를 찾아 길을 떠난다.

2011년 여름   노혜봉

2 철학적 등불

3 심금心琴

4 실금은 소리의 그림이다

1

대화의 기술

저물녘

　그림자를 안고 앞으로 간다. 그림자도 나이를 한참 먹어 낡았다. 어쩔 수 없이 한참 게을러빠진 그림자.

　봄 햇살은 이제 막 뜸을 들여 고슬고슬 잘 지어진 밥알이다. 고스란히 눈이 부시다. 손가리개를 이마에 대고 내 봄 그림자의 나이를 찬찬히 헤아려 본다. 저물녘, 비스듬히 기우는 해, 해바라기하는 머리, 그 안으로 접어드는 좁은 길이 손에 잡힐 듯 빤하다.

　봄햇살 질 무렵은 내 키가 작다. 하루가 참 짧다. 하루 저녁 해어름은 황토색 그림자 속에 날 불러들여 아예 내가 보이지 않는다. 너무나 짧다. 고슬고슬한 밥을 맛나게 먹은 누군가의 하루. 연둣빛 수양버들 그림자가 오늘 따라 너비를 늘린다. 봄 그림자는 한참 고요롭다.

대화의 기술
—— 르네 마그리트 그림을 보며

나는 돌이다
너는 틈이다 돌과 돌 사이에 있다

나는 하루에 돌을 한 개씩 높게 들어올려
쌓아 놓아야만 한다
난 돌과 돌 사이로 번갈아 가며
바람소리를 이마받이하는 일,
그 일이 너무 좋아서 때때로 눈을 감는다

돌과 돌이 맞물려 쓰러지지 않게 쌓느라
난 온몸이 멍투성이다 흙투성이다
언젠가는 커다란 돌덩이를 끌어안은 채
눈 감을 수밖에!
돌과 돌이 서로 머리를 맞대고 서 있는 모습이,
어깨를 겨누고 있는 모습이
얼마나 보기에 좋은지 넌 정말 모를 수밖에,

한겨울 시리우스 별자리 그 과녁에 눈을 맞추고

바람 창문을 내는 일이
나는 참으로 어렵다고 말한다
구름에 가리워 보이지 않는 별,
네 별을 찾는 일이 참으로 아득해
쓸쓸하다란 말은 그냥 혼자서 삼켜 버린다고
어렵사리 나는 말한다

이 돌이 어디에서 왔는지
서로 맞물려 있는 글자들은 모른다
이 문장의 속뜻을 모르는,
벌판에 있는 허허로운 성채를
언제 허물어 버려야 할지 나는 알지 못한다

조금씩 아주 조금씩 네 어깨에 기대어
발밑 별그림자를 보며
서로 기울고 있다는 것을
온 정신으로 기쁘게 알아차릴 뿐

아름다운 포로

크나큰 바다를 한가득 품기로 한다. 구름이 가린 해를 불러들인다. 마음 졸여 하늘도 찬탄 그 이름으로 탄다. 언제부턴가 마음대로 그 옆에 자리한 큰 바위 하나 움쩍도 하지 않는, 끄떡도 하지 않는 그이도 오래 오래 바다에 갇혀 있는 포로. 그 옆에 타고 있던 모닥불 꼼짝없이 타오르고 있던 불꽃들은 오도카니 오오직 그 일만이 이 세상에 태어나서 할 일이라 온몸을 아낌없이 태워 버렸다. 해돋이다. 천 년 전에도 삼천 년 전에도 기다리던, 해돋이도 포로다. 그 황홀한 순간은 포로다. 너와 나의 잔잔한 울림, 자연은 아름다이 묵상 중.

봄빛절벽 그 아래엔

거우 머릿속이 환해진다. 기다려 보자 캄캄해질 때까지 느긋하게 기다려 보자. 캄캄해진다는 것은 사방이 어두운 벽으로 캄캄하게 눈을 감는 일, 내 어두운 눈길에 초점이 맞추어지는 일, 정신이 조금씩 한 곳으로만 길을 어슴푸레 트는 일. 등을 꼿꼿이 세우고 눈을 조금은 아래로 뜬 채 그 아래를 심중을 들여다보며, 혼신渾身을 다해 나아가는 일. 캄캄절벽 그 아래를 무릎 후들거리며 떨며 나를 낮추어보 는 일. 바로 등 뒤는 생각하지 말자. 섣불리 한 발짝 내디디 리라 다짐도 하지 말자. 우두커니 캄캄절벽 눈을 감고 기다 리자.

감감한 절벽 그 아래, 하늘하늘 거기 한 그루 진달래 환 한 꽃송이 혼신을 다해 바람에 흔들리다, 그 분홍잎 오롯이 하늘 보다가, 나와 딱 눈 맞춤하는 눈짓하곤, 그 입술하곤, 바로 수막새 떠오르는 달덩이 옛 신라인의 미소라니!

박연폭포, 정선의 그림을 보다
— 황진이를 기리며

스승의 그림자도 밟지 않는다는 말
천금을 주고도 살 수 없는 스승님의 그림자
그 황홀한 옷깃을 슬몃 잡아당긴다

금싸라기 같은 옛 속담이 회초리질로
뼛속 깊이 상징으로만 무색해지는 이 나락
설화지雪花紙 한 장 펼쳐 보지 못한 채
붓질 한 번으로 살몃 배꼽을 엿보지도 못한 채
속수무책? 천벌을 받을 수밖에 없는

끝장은 아예 처음부터 있을 수 없는
말복, 땡볕에 무릎을 꿇고
소나무 한 그루 불벼락을 맞는
뼈를 고아 깎든 살점을 저며 녹이든

글자를 새기든, 이름이 없는
낙관이면 어떠랴, 부적이면 어쩌랴!
스승을 짓밟고 가라는 말씀

귀에 바늘침으로 꽂혀 있는데
될성부른 나무는 떡잎부터 알아본다는
어느새 수굿하게 떨어지는 금빛 바늘잎

문득, 올려다보니
하늘로 치솟아 거꾸로 박혀 있는 바위들
그 위에 가까스로 뿌리를 내리고 있는
휘어진 소나무, 소나무, 소나무

일갈! 스승님의 귀청을 찢을 듯한
폭포소리 수수 십만 번 붓질로
멍이 든 내 눈자위 하염없이 들여다보며
꽃못에 시퍼렇게 피어나는 멍 그림자를 지우며

마침내 날이 저물어 꽃못은 잿빛
둥근 벼루 바닥에 뻥 구멍이 뚫려 있는

피터르 반 데르 빌리허의 그림을 보며

섭섭해하지 마라 쓸쓸해하지 마라
껍질만 남아 있다
금술 장식이 풀린 낡은 커튼 뒤
구석진 방 먼지만 쌓여 있는

아무렇게나 버려진 헛된 연극의 도구들
몇십 개의 가면은 어디다 벗어 두었나
휑하니 뚫린 해골 그 구멍을 들여다보던
진지한 눈동자는 이제 어디로 숨었나

너의 연기를 기억해 줄 한 다발의 꽃도
속삭이는 소리 웃음소리
환호하는 박수소리도
상장도, 낡은 사진도 없는 이 무대 뒤

누구냐? 널 부르는 낮은 목소리
데드마스크가 바짝
마른 올리브 잎사귀의 관을 쓴 채

묵묵히 신발을 벗고 맨발로 따라가는
죽음이라는,
이 무대 뒤

지우개 무덤

아일랜드 땅 슬라이고,
모든 시인들이 꿈꾼
멀리 이니스프리 섬이
잡힐 듯 보인다는 여기

예이츠 시인이 어릴 적
살던 집 동상 앞에서
──삶에 죽음에 냉철하라
나는 세계가 만들어지기 전에
내가 가졌던 얼굴을 찾는다*

다시 시구를 곱씹어 보는데
이름 모르는 풀꽃 한 송이는
한창 몸달아 불타고 있다

그냥 지나쳐 가리라
그 말, 그 바람
지우개로 지우리

　　　*예이츠의 시구에서 인용.

미륵사지 석탑을 돌아보며
   — 금강에 살으리랏다

당신은 한낱 꿈속 거울에 비친 정인情人이었습니다
언제부턴가 제 마음이 무너지기 시작했지요
살덩이 살덩이 돌덩이 단단히 굳은 바윗덩이들
천 가지 만 가지 생각이 모여졌다 흩어졌지요

맛둥방울님 선화는 뜬구름만 잡고 살았네요
남 그으기 얼어두고* 마음부터 보쌈해 가셨는데
혀는 첫 마음 그 싹이 트는 자리라고 믿었는데요

서동요까지 지어 마음뿌리까지 먼저 흔들어
흔들어 놓고선 맛둥방울님 밤 몰래 안고가다*는
애타는 서방님의 은애恩愛가 아니었나요

언제부턴가 석탑의 큰 돌들을 옮겨 갔나요
용화산 아래 못자리를 메워 지었던 절터에서
돌 틈을 파고드는 바위꽃 이끼꽃 내음새만
손 지문指紋 경전들을 지우며 쓸쓸히 돌아섭니다

석탑 아래 심주석 위 금제 사리봉안기를 찾아냈을 때
금빛 사리병 안에 깨진 유리병 조각을 보았을 때
천삼백여 년 동안 서방님 숨결을 고이 지켰던 제 영검스
러움도
그만 산산조각이 되어 낱낱이 뜬구름이 되었을까요

맏둥방울님은 남진〔男人〕**이라 어쩔 수 없이 좌평 사택
씨의 딸을
새각시로 맞았다는 그날, 선화는 옛 향찰 속으로 숨었는
데요
세상도 선화도 올곧은 마음 그릇된 마음으로 엇갈려서
천 가지 만 가지 생각이 흩어졌다 모아지네요

살덩이 살덩이 돌덩이 돌 틈을 파고드는 바위꽃 내음새
기왓장 석수장이들의 살 지문指紋 땀 지문 바람 지문들이
경전 외우는 소리
오늘 이 자리에서 새로이 맺은 금빛 향로 금빛 인연들을
제 몸이며 마음을 나투어, 아낌없이 회향하옵소서 이 땅

에 절합니다

* 향가 서동요 인용은 양주동의 이두문 해석 참조.
** 남진〔男人〕은 남편, 서방이란 뜻의 고어(古語).

연두 연두
—— 부여 궁남지의 서동연못을 돌아보며

수양버들 느리게
여리게 봄물을 머금었다
한 입 가득 문
연둣빛 잎새 잎새들

마를 던지고 노닐던
맛둥방울 연못에
잎새들 반짝이며 찰랑대며
연둣빛 어깨를 민다

용의 발톱은 문드러지고
마른 연밥 자리엔
불에 그슬린 마음인가
맛둥의 빈 가슴만 남았다

그 옆, 애기연잎 맛둥은 또
마악 연둣빛 손바닥 올려놓고
봄빛 소나기를 받으려

갸우뚱 갸우뚱 못담을 넘보는데

선화는 연꽃 피는 날에야
맛둥을 다시금 마중하려나
연둣빛 올 봄의 나이테는
연못 그림자가 해종일 닦아 주는지

알터*

── 또,
사무치게 누가
나를 울릴 수 있나

(저 고고呱呱한 첫 울음소리 멈춘)
무겁고 단단한 문을 들여다보았다.

뵤주름하니
말미잘 같은 입술이 열렸다.

밤드리 노닐다가
가이없이
가라히 네히어라 그들이 미끄러진
허방자리였다. 비릿하였다.

젖냄새 부유스름한
생심生心은 두루 감춘 듯 서린 듯
(핏자죽은 못내 감춘 듯)

묵향墨香이 절절한

본디 타고난 제 얼골이었다.
얼이 깃든 골이라니!
영혼의 똥딱지가 새까맣게 찍힌
굴속이라니!

언제 또,
영검한 힘이 내 꽃입술을 흔들어
천둥소리를 낼지

아뜩하였다.
저 울음덩어리! 고고孤高한

* 시집 『쇠귀, 저 깊은 골짝』에 실렸던 시.

찌아찌아족 해바라기꽃 글자판

밤새 누군가 내 집 뜰, 어린 해바라기 꽃잎 잎마다
글자들을 까만색으로 빼꼭히 모양 따라 새겨 놓았어요
꽃판 제일 바깥 노란 잎에는 자음 ㄱ ㄴ ㄷ＿＿
모음 ㅏ ㅑ ㅓ ＿＿ 는 그 바로 안쪽 꽃잎에
다시 한 칸 안쪽엔 이중모음 ㅐ ㅒ ㅔ ＿＿
새끼손톱만큼 안쪽으로 다시 들어와 받침이 될 ㅅ ㅇ ㅈ
＿＿
쌍받침 ㄱㅅ ㄴㅈ ㄹㅁ ＿＿ 은 가장 안쪽 꽃잎에

어느 미로의 방 입구에서 숨을 내쉬며 암호를 풀어내듯
꽃술을 보다가 찬찬히 배꼽쇠못으로 시계판 돌려보듯
글자를 찾으려면 쏘옥 앞니 빠진 자리에서 얼굴을 내밀
듯
ㄴ ㅜ ㄴ 하나 하나 눈꼽재기 창문에 나타났어요
자음과 모음 받침까지 맞추어 한 글자 한 글자
글자를 만들며 오른쪽으로 왼쪽으로 꽃잎을 돌려 보았지
요

ㅇ ㅇ ㅇ 어여쁜 이응자를 보면 고리 모양의 은방울
ㅅ ㅅ ㅅ 속에는 나란히 산뿔 모양을 한 숫사슴이
해바라기 꽃잎을 헤치며 방가방가 볼우물 짓는데
할아버지는 방가방가 그 말뜻을 알아채셨는지요

내 어렸을 적, 낫 놓고 기역자도 모르는 사람들한테
한글 깨우쳐 주시려고 어렵사리 손수 짠 꽃판 모양 겹겹이
글자를 쪼로록 앉혀 놓고 창눈까지 만든 가갸 글자판
차곡차곡 인쇄소에서 찍어 오신 글자판들이 다 흩어져
지금은 할아버지의 멋스런 파나마모자 그 뒤안길 기억조
차 희미한데요

어린 해바라기꽃 부끄 부끄러워 발그스름 고갯짓하는데
문득 찌아찌아족 가무스름한 어린이들의 얼굴 가득
피어오르던 해바라기 웃음 방시레 생그레 생글뱅글
해바라기도 생긋뱅긋 까만 씨앗 한 소식 튼실히 여물면
편지지에 가득 담아 보내겠노라 푸른 잎새 걸고 약속하네
요

용머리 자연사 도서관

수백만 권의 책을
켜켜이
채곡채곡 쌓아 놓은
용머리 암벽 굴방

글자 속 깊이 파고들어
그 뜻 깎아내고 할퀴고
움푹움푹 물어뜯어도
결코 보이지 않는

단 한 줄의 떨림
울음 방울 방울

흐릿한 실명된 눈은
아랑곳없이,
전율하는 파도가
온몸에 퍼붓기를!

굴방 속에서
알렙의 책장 첫 페이지부터
모래가 쓸어 넘기는 비늘을
(모든 새로운 것은
단지 망각의 결과일 뿐)*

밤의 밑바닥까지 올올하게
뭉개버리는 발톱
보르헤스의 위대한
자연사 도서관

　　　* 솔로몬의 격언.

은사恩賜, 카리스마*

세상에 태어나 사막이라는 말을 맨 처음 입술로 발음했
을 때

사막이라는 말, 사막이 아름답다 라는 말의 뜻을 처음으
로 알았을 때

낙타의 혹 속에 기름이 왜 들어 있는지 처음으로 깨달았
을 때

낙타가 입 안에 피를 홍건히 흘리며, 낙타가 시풀을 씹어
먹어야 산다는 일을 처음으로 알고 놀랐을 때

낙타가 발바닥에 피를 흘리면서 발톱이 뭉그러지면서,
모래폭풍 속 매질을 헤치며 걸어야 한다는 삶을, 온몸으로
겪었을 때

사막이 아름다운 것은, 어딘가에 오아시스가 있다는 말
을 처음으로 들었을 때

그 오아시스가 이미 오래 전에 어딘가로 숨어 버렸다는
사실을,
　신기루라는 사실을 확인하고 막막한 바람만 끝없이 불었
을 때

　이 또한 자연이 주신 은총, 모두가 자연의 선물이니 기꺼
이 받으리라 낙타야 네가 걷는 이 발자국, 내 한 발자국이
바로 오아시스 샘이니, 고삐를 잡아당기며 네 등을 밀면서,
기쁘게 모래 속을 뒹굴며 나아가리라 시간을 지우며, 맞서
서, 힘껏!

　＊카리스마 : 사도 바오로가 ‘하느님 은총의 선물’ 이란 뜻
　　으로 편지에 처음으로 썼다고 함. 막스 베버가 널리 퍼
　　뜨린 말. 지도자의 재능이나 권한이 있는 힘이란 뜻으로
　　많이 쓰임.

산벚나무 꽃그늘 아래

긴 그림자 하나 가볍게 손잡아 끌듯 노스님은 그늘 안에서 왼팔을 비스듬히 접더니 모로 누웠다.

가지에 걸어둔 노스님의 저고리 깃고대에서 아마득히 비친 땀방울이 천 가닥 만 가닥 이승의 영롱한 날빛을 구을리며 살폿살폿 꽃망울 위로 날렸다.

반듯한 정수리에 쏟아져 내리는 환한 햇살들.

(저리도 눈부시게 아쉬운 흰분홍꽃이!)

·························· 그리고 적멸

얇은 깁과 같은 고요도 소리의 그물망을 접고 한껏 나래를 펴고 있었다.

비스듬 깊이 잠드신 노스님의 맨등허리에 꿀벌들이 온통 달라붙어 눈부신 황금빛 꽃가루로 금박을 입히며 가만가

만 날개를 부비고 있었다.

　저 밀봉한 경전무덤 언저리를 돌면서 꽃잎들이 하염없이
바라춤을 추고 있었다.

2
철학적 등불

색색 골무

외할머니 생목 자투리로 풀칠한 겹겹이
배접을 붙이는

어둠침침한 눈물 훔치던 반달손톱 매디가
아릿아릿한

빳빳하게 말린 골무 심이 마지막 잎새
자존심이랴

수놓은 골무 얼굴에
햇살주름 흰 이마로 쓸어 넘기고

꽃살판 색색이 넘나드는 안팎 시름은
어제련듯

오늘도 허공을 바느질하는
구름머리에 꽃관을 씌워 주느니

저 입, 고향이란

누군가 끊임없이 저 구멍에
넣어 주는 먹거리가 없이도
어처구니없이도

혓바닥으로 갈아서
입천장으로 갈아서
내미는 진득한 에센스,
즙, 유년幼年의

고향이라는 ㅇ의
작은 울림만으로도
저 향기가
온 땅 온 하늘을 덮기에

크낙한 언어의 밀알들이지
그 낟알 낟알이
흔들리는 그림자들과 어우러지는
소리 냄새 이름들

영원히 자라지 않는 소년이
살고 있는 이니스프리 섬!

피터팬 팅커벨 소리쳐 불러 보면
따라 나오는 저 은종소리

저 구멍에 누군가
끊임없이 넣어주는 먹거리

피노키오가 보낸 섬백리향 편지

혜화동 옛집* 빨간 우체통 속에서 편지 봉투가 쌓이는 소리. 내 어린 친구 개구쟁이 피노키오가 시도 때도 없이 이층 별장에서 맨발로 콩콩대며 나무층계를 내려오는 소리.

살굿빛 촘촘히 꽃편지지에 끝도 없이 써서 전해 주는 꽃들의 눈짓, 종종 콧방울 비비며 입꼬리 맞추는 혀들의 춤사위 소리들. 살구나무 꽃그늘 아래 조개껍질 속 봉선화 꽃잎 담아 놓고 소꿉 살림 깨 볶는 소리. '용용 죽겠지' 톡, 톡 어깃장 놓으며 깨금발 뛰며 정강이에 파랗게 심줄 돋는 소리.

할아버지가 내 수판 집 만드시느라 발재봉틀로 시접선 따라 온박음질하는 소리. 이층 별장을 지으시느라 톱질하는 소리. 대패질 따라 나이테 무늬결 살아나는 소리. 화덕 불문에 풍구바람 일으켜 화아아 왕겨 불꽃 댕기면 추억이 발뒤꿈치 들고 종종걸음치는 소리.

나무 함지박에 물 받아 놓은 옆, 할머니가 큰 도마 위에 민어를 올려놓고 칼질을 할 동안 파리를 쫓느라 부채질하는 소리. 꽃밭 옆 가시철조망에 걸린 굴비들이 금빛 비늘을 털면 내내 살점과 뼈까지 옥죄이는 소리.

부엌 아궁이에선 때마다 참나무 장작이 지지직 송진 흘리며 제 몸을 온전히 사르는 소리. 무쇠솥에선 물때가 넘었다고 할머니한테 생떼 부리는 소리. 솔잎 향내도 그윽한 송편 속, 대추 익어가는 달디단 산사람 휘파람 소리.

겸재가 그려 놓은 듯 철 따라 이름이 바뀌는 첩첩 개골산 금강산 봉래산 풍악산 산봉우리 첩첩 다락문 그림들, 그 다락문 스윽 열어젖히는 소리. 상자 속 내 가죽구두가 먼 길 떠나려 달그락거리는 소리소리.

바람 한 줄기 감아올리며 단풍 든 담쟁이덩굴 남보다 뒤질세라 우리 집 뒷담이자 성당의 붉은 벽돌 담 타고 넘어가는 소리. 수녀님들이 빨간 볏을 단 수탉들을 쫓으며 까르르 웃던 소리.

　양단 두루마기 잣풀 살짝 먹여 찬찬 감아 홍두깨에 올려놓고 할아버지 어깨 가볍게 주무르듯 할머니의 다듬이방망이 두드리는 소리. 할머니의 헝겊 상자 조각조각 모아놓은 색색 자투리들이, 뒤란에 제일 잘 여문 꽈리를 따서 (심줄을 감쪽같이 빼고) 한껏 불어 보겠다고 앞자리 다투는 소리. 그 소리를 어르고 감싸는 소리.

　(춘향이는 왜 옥에 갇혔어 응? 으응?) 할머니는 암말도 안 하시고 조각보에 새길 내느라 곰곰 조각을 잇대며 가위질하는 소리. 갑자기 날벼락 치며 내 목에 철커덕 커다란 장칼을 씌우는 소리. 캄캄한 고래 뱃속에서 피노키오가 마지막 성냥개비에 불을 켜는 장면을 보다가 깜빡 졸다 등잔불에 내 머리칼 하르륵 타는 소리. 새빨간, 내가 했던 거짓말들이 발그스름하게 타서 하얀 재로 부서지는 소리.

　길눈이 어둡던 할머니를 쏙 빼닮은 나, 할머니한텐 언제

나 어리광쟁이인 나, 늘 달노래로 어린 손녀딸을 부르던 소
리. 나이를 먹지 않는 고향.

　마지막 하늘잠옷마저 태워버린 이름들, 아버지 본적도
번지도 모조리 지워진 주소들. 변하지 않는 소리. 목소리
들, 저 벌린 입, 고향은 아득한 소리의 주소, 원적지原籍地.

　내 별장과 함께 까마득히 묻힌 채 오늘밤 피노키오가 혜
화동 성당의 창문 스테인드글라스 포도 넝쿨을 타고 내려
오는 소리 종소리. 섬백리향 꽃방울 소리가 내 귀둘레바퀴
를 잡고 흔드는.

　　＊ 혜화동 옛 지명은 잣나무골, 지금은 고향집이 있던 자리
　　 에 가톨릭 대신학교가 들어서 있음.

철학적 등불
— 르네 마그리트 그림을 보면서

그의 눈은 흰뱀눈이다 언제나 촛불을 보지 않고 비스듬히 한 곳을 비껴 노려보고 있다 벽에 있는 문, 두드린다 눈빛으로만 문을 두드린다 한 칸씩 계단을 내려간다 동굴 속 푸른 물에 눈을 씻는다

그는 파이프 담뱃대에 구부러진 긴 코끼리의 코를 박고 뜨거운 불꽃을 깊이 들이마신다 마치 전설에 나오는 등잔불 끄름이나 기름 냄새를 즐겨 마시고 있는 남포불 호야의 뻘쭘한 코 바로 그 긴 코라니! 콧속에서 뜨거운 불꽃나무가 타다니!

불꽃나무는 활짝 꽃무늬 양산을 편다 가지는 제 가지를 벗어나려 꽃불을 팽팽히 잡아당겼다 갈라놓는다 꽃대는 싹눈을 지키려 꽃불을 마구 터뜨린다 언뜻 나푼나푼 혀를 벼르는 새파란 칼날이 번뜩인다 이윽고 노곤히 잠에 취해 꽃불의 입술이 오므려질 때!
꽃무늬 얼비친 노을에 얼굴이 치자 빛으로 달아오르고

아무래도 촛불은 둥그런 배광背光에 눈이 부서서 바로 볼 수는 없지 흰뱀눈은 제 몸을, 얽힌 생각을 어둠과 빛 속에 나누어 놓고 저 캄캄절벽 속 무간지옥 속 나락으로 흐물흐물 녹여 내리고 있는 중. 담배 연기에 눈빛은 점점 흐려지고 마침내 불꽃나무가 뿌리 속 그늘까지 거두어들이고—

그의 코가 녹는, 흰뱀눈이 녹는, 그의 머리칼이 타서 굳은 심지心池마저 타서 연기가 닿아야 할 곳은 새털구름뿐. 저 높은 하늘뿐. 청아한 눈빛은 이제 그의 속내 심지를 내내 들여다보고 있을 뿐.

둘레는 고요한데 하루아침에 칠엽수七葉樹 흰분홍꽃잎이 둘레에 가득해 환할 뿐!

꽃살문 향기 그 너머
── 내소사 대웅전 꽃살문을 보며

감감 무소식 깊은 밤 누가
꽃바람을 잠재워 여기에 새겨 두었나
긴 긴 시간을 누가
꽃구름 타고 와 저기에 무늬주름을 아로새겼나

빗모란연꽃살문*으로 곱다랗게 새겨 줄까나
솟을연꽃살문으로 어여삐 드러내 줄까나

향그런 나뭇결을 찾아서 꽃물 냄새를 찾아서
판자를 고르고 바람의 갈피 갈피를 들여다본다
꽃꼭지나 꽃턱은 태어난 숨은 자리에 버려 두어라
꽃밥과 몽울만 고스란히 피어나 나오라

칼날로 바람을 감아 나뭇결엔 바람의 미소를 앉혀놓고
송곳으로 햇살을 내리박아 암술 수술을 모아놓고
가끔은 손때 묻은 입술에 빗방울 손님도 간절히 모셔 두
고
포근한 눈발이 들락날락 먼 동네 집안 소식도 전했으리

싸구려 장인匠人 노릇은 끝장을 내리라 마음이야 굴뚝같
지만
다시 살아갈 길의 치수를 재고 모질게 홈을 파고 맞추고
아무 생각도 하지 말자 들쭉날쭉한 꽃밥을 다듬어
한껏 밝은 마음을 열어 보이리
속틀을 짜고 꽃잎과 잎을 끼우고 창호를 들여다보는데
꽃잎 언저리 천릿길 잎잎 언저리 감감한 만릿길 허공

노을길 천도복숭아빛 다시 보니 가야 할 산은 까마아득
한데
모란, 연, 패랭이꽃 꽃살문마다 즈믄 개의 눈짓으로 반겨
주는데
꽃잎마다 잎사귀마다 즈믄 개의 손짓으로 따스히 품어주
는데

    * 빗모란연꽃살문 : 내소사의 꽃살문 이름.

돌빛향
— 나는 흐느낌과 눈물에 젖은 사랑을 생각한다

하늘이 땅에 떨어질 때를 기둘려

얼마나 간절한 눈물을 흘렸기에
그 마음 진하게 저리도 굳어
한 덩이 검은 바위로 무겁게 뭉쳐 솟았나

따위의 동백꽃 꽃입술이 하늘에 묻히기를 기둘려

얼마나 짜디짠 눈물을 흘렸기에
그 마음 자국 자국 징하니 패여
돌부처의 눈 귀 입을 저리도 뭉개버렸나

(눈물주머니 속에 두 사람의 빈 그림자는 보이지 않고)

한 발짝 제 껍질을 벗어던지려 해도

내 앞 휑한 허공을
저 몸뚱이 두 동강난 돌절벽으로 묻혀
희뿌옇게 망연히 서 있느니

묘법매화경
―― 예천 용문사 꽃살문을 보며

　매화꽃은 눈 내린 날 보아야 제격이다 꽃 보러 한달음에 내달렸다 윤장대* 꽃살문 문턱에 포옥 엎드려 절했다 홍매화 꽃봉오리는 잠을 털고 눈을 깜짝였다 어서 문을 열어 달라고 자꾸 보챘다 오늘은 기어이 묘법매화경 경전을 읽어 주시라 그 속내를 보여 주시라 했다 겨우내 참았던 깊은 숨소리 그 숨소리를 순결한 입내로 풀어 주었다 내 입술이 환하게 달아올랐다 홍화빛! 그대 눈과 내 눈이 경전을 새기며 반짝 부딪혔다 섬광! 입술에서 입술로 마음 벋은 가지를 모아 번쩍 정신을 들었다 놓았다 기쁜 전율이 흘렀다 눈 내린 날 꽃눈에 내 눈이 흠씬 젖었다 맑게 꽃술마다 속눈썹이 떨렸다 경전 책장을 펼친 채 윤장대를 돌렸다 향기가 창호 문살을 넘어 절간 댓돌 아래 꽃잎을 내려놓았다 그윽한 향내가 발걸음도 사뿐 홍매화나무 가지를 스치며 탑돌이를 하고 있었다.

　　* 윤장대 : 고려 시대의 불교 공예품으로 경전을 넣은 책장에 축을 달아 회전하도록 나무로 만든 책장. 그 책장 창호에 꽃살문을 새겨 넣었음.

동화사 대웅전 꽃살문 향기

당신의 해맑은 눈은 천 년 꿈속에서 기다리다 꽃을 피웠습니다

푸른보랏빛 연꽃 봉오리 세 송이 살색 연꽃 봉오리 두 송이 흰 연꽃 송이가 찬연하여 오롯합니다

기다리고, 그 모든 기다림을 다시 기다려도 이 어리석은 손끝은 여물지 못합니다

매듭달* 마지막 밤을 지나 해오름달** 첫날이 문턱을 넘을 때까지

감꽃을 으깨며 잇꽃을 짓찧으며 쪽풀의 꽃거품을 삭히며 낡은 문살에 물감을 매기겠습니다

해오름달이 창살마다 질 때까지 물을 잘 빨아들이는 당신의 꽃뿌리가 되어 드리렵니다

창문마다 녹슨 문고리를 여는 길라잡이 손이 되어 주신
다니요

천년 동안 잠 속에서 기다리며 청아한 연꽃 당신의 손 언
저리 허공을 부여잡아 봅니다

      * 매듭달 : 마음을 가다듬는 끄트머리달 12월.
      ** 해오름달 : 새해 아침에 힘있게 오르는 달 1월.

비극적

돌맷돌에 갈거나 통째 삶아서 지은 붉은 팥밥
검은 콩을 드문드문 둔 불그죽죽한 밥

얼룩점을 온몸에 두른 자줏빛 강낭콩
압력솥에 쪄낸 2분도 깎여나간 현미밥까지

때로는 맛좋은 밤콩, 연둣빛 풋콩을 까며

고장난 쌀통 속에서 되질을 한다.
물이끼 푸르른 바가지에 쌀을 퍼담는다.

손바닥에 남아 있는 쌀알을 알알이 들여다본다.
낟알 낟알 낟알 붙어 있는 목숨을 센다.

가비얍게 나달나달한, 겨자씨보다 가벼운
쌀겨보다 가벼운 것 알지. 알지, 그 왜?

애련哀憐꽃

오래 전
따스한 불씨 하날
묻어두었다
칼금이 수없이 새겨진
붉은 알, 사랑
언제나
비릿한 피 냄새가
배어 나왔다

죽음과 마주한
마지막 뜨거운 포옹
속

희미한 아지랑이
저 끝에서 피워올리는
애련哀憐아,

향림신목香林神木*

아리산 구름 밖에서 까치놀 받아
비누거품 한껏 낸 뒤
고단한 두 어깨를 푹 담그고 나니
천 년

능선 따라 다시 첩첩 산안개를 받아
세세히 속 깊은 흠집을
몇천 필 세모시로 친친 감아 놓으니
천 년

번개도 천둥소리도 비껴가는
구름산 아래서 귀잠 늘어지게 자고 나니
다시 천 년

사운대는 바람 자리 한 번 일자
불끈, 불땀머리 팔다리에 힘주고
번쩍 산을 들어 올린다

솔이끼 우산이끼 빗자루이끼

갓버섯 먼지버섯 재먹물버섯 마귀광대버섯
이름 모를 벌레들 풀꽃들 뒤돌아 앉아
빠꿈살이**하랴 분주한 손짓, 얼핏 멈춘 채
납작 오체투지로 코를 박고 절한다

한 방울 이슬에 떨어진 잡티 같은 몸
제 몸에 밴 잡냄새를 가볍게 남겨 두려나?
제 맘에 쌓인 묵은 먼지는 뜻을 찾아 주려나?

──헛되고 헛되니 헛되고 헛되도다
지금 생긴 일은 언젠가 있었던 일이요
──하늘 아래 새것이 있을 리 없다

다시금 천 년 뒤엔, 나도
하늘뿌리가 잘 자란 생각 없는 나무의
푸른 그늘로 온전히 그이를 감싸 주겠지요

* 향림신목 : 타이완 아리산의 수령이 삼천 년 된 나무.
**빠꿈살이 : 소꿉장난. 전북, 충남의 방언.

행복나무

얌전하게
앳된 처녀는 고개를 숙이고
베르베르의 소설 「나무」 아니면 「나비」를 읽고 있나

조심스럽게
등을 기대고 앉아서 엄마와 뱃속 아가는
무슨 말을 나누고 있나

의젓하게 그 학생은
두툼한 한자 자전을 뒤적이며
연암의 도강록 「책문」 바깥의 말뜻을 새기고 있나

느긋하게 노인은 눈을 감은 채
세 살짜리 손녀딸이 뱅그르르 배꼽을 드러내놓고
춤을 추던 재롱편을 다시 펼쳐 보고 있나

고요하게 마음을 다스리는가
두 손을 가지런히 무릎 위에 올려놓고

묵주알을 구을리는 수녀님

지하철 안 비스듬히 편안히 또는 꼿꼿하게
앉거나 서서 가는 사람들
흐르는 강물 위 옥수역에서 몸을 맡기고
학여울까지 사진 속 필름도 흐르는 사이 사이

내 집에서 창 밖으로 고개를 내밀며
목말라 애타게 기다리고 있을
가지 많은 푸른 행복나무를 문득 생각하면서

세상에 주눅들지 마라

나 얼마나 맘에 없는 말 하며 푸른 잎새를 살랑댔나. 그이 맘에 들려고 초록빛 속잎새 한껏 옆으로 틀며 환한 웃음 웃었나. 그이가 돌아서 있는 내내 발끝만 내려다보며 한심해서 서늘한 바람에 내 얼굴을 박박 지워 버리고 싶었는지. 기쁨도 골골이 슬픔도 골골이 헹구어 말갛게 해맑은 얼굴, 옛말 그대로 자연 그대로 내 길을 드러내고 싶었는지. 그냥 멀리서만 지켜볼걸 한 발짝 왜 다가가려고 했나. 그이한테 온몸 기울여 마음 불꽃 댕기려 서둘러 가지를 벋어갔는지. 참으로 잘생긴 잣나무 둥치 그 안길로 숨어 버릴 것을. 스며들 것을. 그 향기 그윽한 열매 잣 냄새에 푹 절어, 한 백 년 그늘에 기대 사는 이름 없는 풀꽃을 살찌울 생각이나 곰곰이 할 것을.

비단길 한가운데, 삶이란

수천 번 새털구름을 보며 푸른 하늘을 보며 힘주어 올렸
을,

오래 전 무덤 속에 파묻혀 지워진 길, 오! 아름다운 모래
톱들,
멀리 저 높고 낮은 산의 능선들, 저녁 노을빛에 물든 끝
없는 모래모래모래산

가자 가야만 한다 낙타야 일어서라 낙타야 술 취한 듯 가
자 황량한 바람이 회초리질로 나를 내리친다 지워진 길을
찾으며 돌아보지 말자 모래 회오리질이 나를 강타한다 모
래바람이 끝내 나를 일으켜 세운다 한 걸음 한 걸음 새 길
을 다지며 가자

낙타는 모래에 잡히고 사람은 말에 묶인다

저 멀리 초승달이 낸 희스므레한 길 너머로 보이는 새하
얀 하늘

무명無名

산이 된다는 것은
우뚝 솟은 바위에 등을 기대 보는 것
한껏 목은 뒤로 젖힌 채
그냥 숨을 편히 내쉬어 보는 것

산이 된다는 것은
깊숙이 뿌리를 묻고
단단한 나무 주름에 가슴을 묻고
구름바다를 아득히 감싸 받는 것

나뭇가지에서 가지로
잎사귀의 이슬을 털며
한 그루의 하늘을 열어보는
하늘다람쥐를 따라잡는 것

두 뺨에서 목주름에서
지친 땀방울이 씨앗으로 여물 때
발바닥이 신창으로 떨어질 때

그늘 아래 내가 스러질 때

산아! 멀리 있어 더 희푸른 산아
하늘 주름 펴고 한 발 물러서라

산이 된다는 것은 빙벽 위
한 그루 소나무 발아래에서
첫 송이 송화는 가볍게
마른 꽃가루로 떨어져, 네 속살
바람무늬에 아슬히 숨을 쉬어 보는 것

3

심금心琴

입춘立春

모처럼 햇살을
담뿍 받아 보아라
이 봄볕 첫날에
몸을 말린다
솜은 솜, 무늬는 무늬
눌러놓은 그대로
날아가 버린 색깔은
색깔 그대로

오! 가벼워라
마음아
늘상 그 자리를
평안히 챙겨라
스스로 들어 앉혀서
잘 챙겨라

삼가 삼가 모처럼
봄햇살에 마음을 밝혀본다

심금心琴
—— 르네 마그리트 그림을 보며

잉카의 후예들이
곤히 쓰러져
잠든 이 밤
그들의 신들이 내려와
노닐었다는
돌무덤 정원에서
구름을 받아 안는다

잉카의 마지막 왕이,
사람들이 삼켰던
울분이, 치욕이,
저주의 절규소리가
티티카카 호수의
핏물로 넘쳤던 그날

조개 목걸이와
청보석 귀걸이가
깨졌던 그날

의 비극을 삼킨
구름을 받아 안는다

색색가지 실매듭
잉카의 글자들이
골짜기마다 길을 지우며
갈가리 흩어진다

구름은
잉카의 후예들이 흘린
하루치의 눈물을 모은다
설산 위로 유리잔을
번쩍 들어올린다

태양의 신이 흘린
포도빛 눈물이
잠시 쉬는 유리잔
너무나 처연해서

우러러보는!

티티카카 호수의 눈물로
빚은 유리잔

이름은 나 이쁜, 꽃할머니

바탕에 하늘나리꽃이 가득 피어 있는
순간
여기 파란 세상으로 한 발짝 들어온
순간
새집 주소를 아무도 몰래 가르쳐 준
순간
편지함 속 꽃편지지에 푸른 날갯짓
날아든
순간

내가 아끼는 본명 루피나*를 불러 주는 이
누구신가?

깜빡,
새벽녘에 그렇게 보고 싶던 어머님이
설핏 다녀가셨다.
맛있는 한숨을 포옥 내쉬었다.

　　　* 어머니의 가톨릭 본명.

자유의 이름으로 살다

드디어 초로 계곡* 아래
붉은 별이 새겨진 바위 앞에 섰다
그 바로 왼쪽 옆 비스듬히
눕혀진 바위 뒤에서 그가 마지막까지
총부리를 겨누었던, 흰 이름이 새겨진 바위
다리에 총상을 입었던 그 바위가 있었다

다시 돌을 쓰다듬는다 처음 오토바이를 타고
거침없이 달렸던 길, 헤맸던 길
그의 눈자위, 입술, 턱수염에서
그가 책장을 넘기던 손가락에서
자유 평등이라는 글자를, 아무나
던질 수 없었던 질문들을 던질 줄 아는,
용기를 가졌던 사람을 마음자리에 새겨본다
배낭 속에 써 놓고 부치지 못한 편지에서
나무들 풀들에게 보낼 몇 편의 시 글귀에서

그가 치료해 주었던 상처, 나누었던 가난과 허기

자유를 향해 기꺼이 자기 자유를 내던졌던 사람

그가 쓴 마지막 일기…… 어른거리는 그림자들
1967년 10월 7일 해발고도 2천 미터

총소리, 총소리, 총소리, 바위 뒤, 체포. 이틀 후,

라이게라 마을의 작은 학교 교실, 밤 11시 15분
── 쏘아, 겁내지 말고 방아쇠를 당겨!
그에게 총을 조준한 체란을 격려하는 **체 게바라의 말**
마지막 총성, 그의 심장이 바로 **자유를 향한 과녁**
바로 출구였으니! 마지막 숨을 크게 내쉬며 얻은
그제서야 밤색 눈이 **고요히, 푸르게**
바뀌며 눈 뜬 채 얻은 휴식……

내가 죽을 때까지 다다를 수 없는,
사르트르가 말한 '우리 시대의 가장 완전한 인간'
그 정신을, 고고한 외침을! 기릴 수밖에는

　　*초로 계곡 : 체 게바라가 총살당했던 마을이 있는 곳.

금빛종

── 金子에게

멀찌감치 사이를 두고서도 그녀한테선 늘 물소리가 들렸
다 돌돌 여울 물소리 연보랏빛에 옅은 비취빛 무늬가 번져
있는 치마주름깃 깃에서 물소리가 길게 휘감으며 들렸다
스산하게 갈바람이 일면 금빛 은행잎들이 그녀의 목 언저
리 늘어진 머리칼에 차르르 흩어지며 물소리가 도로롱 들
렸다

내가 가까이 다가가 그녀의 차가운 손을 동그스름한 호
주머니에 넣으니 시린 물소리가 도올돌돌 들렸다 옹이가
또렷하게 박힌 눈부처 말갛고 정갈한 물소리가 도로롱 들
렸다

각이 진 입술 선이 느슨해지는 잎새의 슬픈 미소 모서리
의 물소리가 한 번 굽어지며 잦아드는가 호도독 은행알이
안간힘을 쓰다가 구을르듯 달빛이 물소리를 아랫녘으로
끌어내리고 있었다

봉곳한 가슴에서 짙은 초록빛으로 새 물길을 트는 소리
가 부드러운 이끼를 젖히며 또로롱 또로롱 들렸다

언제 볼까 나는 그녀의 눈부처를 그윽이 들여다보다가

손을 내밀어 따스해진 손을 꽈악 움켜쥐었다

　달빛이 반야성을 쌓으며 치마주름깃을 푸른 정강이 너머 걷어올리며 여울물을 찰방찰방 건너뛰었다 용문사 산문 앞 그녀가 사는 집에선 늘 또로롱 또로롱 트릴* 물소리가 들렸다

　어디선가는 스산하고도 여린 피아노의 첫음 도로롱 소리가 내 심금을 울렸다 피아니시모로 잦아들듯 쇼팽의 피아노 협주곡 제2악장이 끝날 듯 여울물 소리가 또로롱또로롱 이어지고——

　　* 트릴 : 악기나 피아노를 연주할 때 지정한 음과 다른 음
　　을 떨듯이 빠르게 교체 반복하며 연주하는 방법.

낮잠*

내 집에 놀러 갈란다.
깨우지 마라

어머니는
햇빛 바른 창가에
누우신다

베이불을 덮으신다

긴 장마 뒤
햇살이 은발에 가득하다

어머님 그대로 둥근 무덤이다

쑥갓꽃 비스듬히
기대고 섰는 입 귀

빗방울 하나

똑
떨어진다

깨우지 마라
스스로 헤매는 꿈
그냥 좋은 것을

    ＊ 첫 시집 『산화가』에 실렸던 시.

내력

―어멈아, 접시에 얌전히 담아서 사진 앞에 놓아드려라
옆집에서 보내 온 무지개떡 수수경단 삼색 송편 돌떡들
대청마루 뒤주 위에 모셔 놓은 증조할머니 사진 앞에
젊은 엄마가 목판을 받쳐 정성스레 올려 놓은 떡들이
모처럼 오롱조롱 모여 앉아 소꿉장 노는 증손주 같다

―증조할머님 찬찬히 드시게 혜영아 마당에 나가 놀다 오렴
잡채를 해도 만두와 콩국수 식혜를 해도 팥죽을 쑤어도
별식은 할머님 사진 앞에 갖다 놓고 제일 먼저 드시라 한다
어디서 오실까, 줄넘기를 하고, 소꿉장 살림을 늘어놓아도
할머니는 조바위를 쓴 채 토시를 낀 두 손을 잡고만 있었다

응? 할머니는 의자에서 꼼짝도 않고 나만 쳐다보시는데
젓가락도 설탕도 목판 한 옆에 놓인 고대로 있는데

―어멈아, 할머님 떡 다 드셨으니 아이들 나누어 주거라
어디로 가셨을까 지금도 저고리 본 뜨며 마름질을 하고 계
실까?

고추 먹고 맴맴 담배 먹고 맴맴— 어느 사이 할머니는 내 저
고리 끝동에 노란 금가루로 하늘의 별무늬 금박을 놓으시고

장식장 위 모서 놓은 좀 젊은 어머님 영정 사진 앞에
천안에서 온 배와 색색가지 한과가 담긴 접시를 놓는다
—어머니 이장이 가져온 친환경 배라는데 달디다네요
—수천이 제 제자가 어머니 드시라고 또 한과를 보냈어요
어머님은 옛날 사진을 보시다가 귓가에 손을 갖다 오므리
신다

오늘은 까치설날 내일은 서럽고 쓸쓸해서 슬픈 설날이란다
꼬까옷 입은 손주가 오면 사진 앞에서 모처럼 춤 재롱을 부
려 볼까

대추 먹고 맴맴 딸기 먹고 맴맴— 어느 사이 흰매화꽃이 내
수단 치마 푸른 주름 주름마다 함초롬 피어나고

자줏빛 흠집

— 르네 마그리트 그림 "기억"을 보며

누구에게나 어떤 기억은 주름진 검자줏빛 커튼을 길게
드리우고 있다

푸른 하늘에 언뜻언뜻 보이는 구름 몇 조각을 반나마 가
리운 채

아버지가 통나무 목재를 구입하시러 철원으로 출장 가셨
던 날, 점심 후

트럭에 기대 좋아하셨던 낙타표 카멜 담배를 맛있게 피
우시던 순간,

느닷없이 나타난 술 취한 헌병이 난사한 흉탄에 쓰러지
신 그날 이후,

내 눈동자 가느다란 혈관에선 아무도 모르게 검붉은 피
가 새고 있었다

조르고 또 졸라서 책방에서 사 주셨던 전래동화 책 『이
야기 주머니』

말도 되지 않던 「후후 쩍쩍 맛나다」란 이야기를 이제는
누가 알까

하얀 주먹 공에 내가 연필로 선명하게 쓴 한자 이름을 보
시고
　명필이라고 내 곰쑥*은 꼭 유학을 보내 주시겠다 약조하
셨던
　깡마르고 선구자 노래 좋아하시고 장작도 잘 패셨던 서
른셋 젊은 아버지
　두 발의 흉탄이 허리를 관통해, 유언 대신 얼마나 쓰디쓴
피를 흘리셨을까 마지막 온몸으로 쓰신 흘림체 글씨들

　아무래도 어떤 기억은 바싹 마른 몇 잎의 잎사귀, 실금이
깊이 새겨진
　색깔이 너무 곱고 아까워 언젠가 책갈피에 꽂아두었던
단풍잎 몇 장,
　늦가을 좁쌀만 한 이슬이 홈빡 맺혀 있던 울음 방울들 어
린,

　암말도 못하고 틈새 속에서 오랜 침묵으로 버티던, 잊혀

진 아버지의 이름, 깊은 심연 속에서 숨쉬고 있던 붉은 핏
자국

　마른 눈물이 푸른 하늘에 언뜻언뜻 구름 몇 조각으로 떠
있는 사이사이, 갸웃갸웃 단풍잎 몇 장으로 무늬를 꾸며 보
는 날. 모처럼 아버지께 도톰하게 목화솜 햇솜을 넣고 새
이불을 꿰매드리고 싶은 날

　　＊ 곰쑥 : 어렸을 적 내가 숙맥이라고 아버지가 불러주셨던
　　　별명.

천사의 힘

갑자기 내 눈을 후벼파는 매운 손톱이 빠졌다

갑자기 내 귀때기를 후려치는 채찍에 구멍이 생겼다

갑자기 내 심장을 도려내는 칼날이 무디어졌다

폭설이 멎었다 씻은 듯 부신 듯 설국雪國, 따뜻한
이 곡선의 빛

능금빛 능금꽃

── 숲子에게

두 볼이 통통한 그 아래 어쩌다 살짝 웃으면 덧니가 보이고 두 개의 귀여운 보조개도 덤으로 보여주고 옅은 수선화빛에 노을빛 볼터치를 가볍게 살린 두 뺨 그녀는 능금꽃을 다소곳 품은 한 그루 능금나무였다

유난스레 반짝이던 짙은 갈색 머리칼을 반듯한 이마 뒤로 때때로 귀 뒤로 괜스레 넘겼다 먼 곳에서 내가 눈에 띄면 어줍잖게 왼손을 챙으로 이마에 대고 긴 속눈썹을 내리깔았다 신발 앞 끝으로는 무언가 그림을 그렸다 도톰한 윗입술 위엔 좁쌀만 한 점 두 개가 고혹적으로 보였다

목이 길어 거울에 비친 제 얼굴을 하염없이 들여다보다 마침내 노란빛만 좋아했던 그녀의 뒷그림자. 끝내는 스스로의 생生에서 설익은 죽음으로 몰고 가버린 길, 능금의 힘, 능금의 꽃말이 바로 유혹, 선택이었다니!

변두리 극장에서 땀에 흠빡 젖으며 보았던 영화 love me tender 나와 둘이서 노랫말을 외우며 또각또각 구두 발자국 소리를 새기며 걸었던 거리들

푸른 초원을 브루흐의 스코티쉬 환상곡을 들으며 그녀와
손을 잡고 푸른 초원을 맘껏 달리고 싶었다

갓 태어난 아기 주먹만 한 능금을 어렵사리 손에 쥐자 덥
석 깨물었다 싸하니 달큰한 조금은 쌉싸래한 맛 첫사랑의
맛 이제는 어디서도 구하기도 맛보기도 어려운 능금꽃 한
알의 능금
먼 먼 이방의 땅 몽골의 낯선 후스테인누르 초원 좌판에
서 어여쁜 능금 한 봉지를 오롯이 품은 날 애를 끊는 가슴
으로 싸아하니 바람이 불었다

이름은 나, 이쁜 꽃

단발머리형으로 머리칼은 와인빛 굵은 파마를
귀 뒤로 넘기고, 귀걸이가 아양으로 달랑대는
노인 복지관 의자에 정스레 걸터앉아서
낯익은 얼굴 보면 커피 한잔 줄까, 함박웃음 건네는
연세가 몇이신데 오늘도 이리 멋쟁이세요?
응, 그건 알아 뭐하누 여든하난가 둘인가
이젠 나이도 더 먹었다 덜 먹었다 한다우

깜박깜박 옛날 사투리도 어딜 나들이하는지
고향 마을도 어디였더라— 참 여기 여주지 뭐
열여덟 나이에 흥남 부두에서 배를 타고
어찌어찌 부산에 닿았다는 처녀적 이야기
열두 형제자매 중 인민군으로 국군으로
돌림병으로 이래저래 다 죽고, 눈물도 도망치고
시집간 언니 하날 북에 두고 부모도 두고
외톨이로 내려와 첫눈에 남편 될 사람을 알아보았다는

유복자가 뱃속에서 힘차게 발길질을 할 동안

배는 하루가 다르게 남산같이 불러 오는데
순경이었던 남편을 찾아 다시 강화까지 올라와
찾아 헤매는데 깊은 산속에 숨어 있던 공비들이
다시 산막으로 끌고 가 몸 푼 지 사흘째 되는 이쁜이를
몽둥이로 흠씬 두들겨 패, 지금도 허리를 잘 못 쓴다는

친구는 아니지만 할머님 이름은 무엇이에요?
와인빛 머리가 너무 멋지지만 부를 수는 없고요
왜? 나, 이쁜이 (정말 이쁜이에요) 으응, 그럼
아니, 산오뚝할입笠 흰구름분粉 입분이지 (성은요)
나씨, 나, 입, 분, 손바닥에 글자까지 써 주는

딸내미 하나는 미국에 산다며 헤나를 보내 주면
달걀 노른자에 커피에 올리브 기름을 넣고
혼자서 비닐을 어깨에 두르고 염색을 한다는,
어여뻐라 나 홀로 잘사는 나 입 분 꽃할머니

흰찬샘노을꽃
— 무궁화꽃을 보며

꽃잎 위 이슬방울 하나 또로롱 구른다

이슬방울 아이들
눈망울이 똘방똘방하다
꽃보라색 색실공을 굴리며 나온다

초등학교 운동장
울타리 따라 둥그렇게 모여서
색실공을 팡팡 던진다

또르르 색실공이 떨어져 구른다
'대한민국' '대한민국'
'짝짝-짝, 짝짝'

떨어지는 공이 골그물을 흔들었다
와! 골인이다!

태극기도 무궁화 깃봉 위

긴 목을 제끼고
푸른 하늘 한껏 휘파람을 분다

색실공을 든 아이들도 휘파람을 분다
흰찬샘노을꽃 씨앗 속으로 오므라든다

하늘새

은솜이는 내 손가락을 잡고 비늘구름 몇 조각을 그렸다
하늘색 크레파스를 골라 동그라미 비늘도 그려 주었다

은솜이는 방싯 웃으며 내 나무를 보다가 나무를 그린다
길쭉한 연둣빛 추상화 잎새를 하나 둘 가지에 달아준다
구름 한 조각이 그늘을 만들며 따라와 따라와 손짓한다

나뭇가지에 앉은 새한테 은솜이는 어눌하게 속삭인다
다른 새 한 마리는 얼른 구름을 쫓아 부리로 잡아당긴다
나는 풀밭 위 구름방석에 은솜이를 얌전히 앉혀 놓는다

은솜이는 초록색 크레파스로 아무렇게나 풀을 죽죽 그린
다
파란색을 고르자 풀숲에 새 한 마리와 새알 두 개를 숨겨
둔다
은솜이는 3학년, 다섯 살 작은 키에 다리는 새 다리
아무나 만나면 뱅싯뱅싯, 벌렁 눕거나 생떼도 안 부린다
글씨는 삐뚤빼뚤 걸음도 배틀배틀 말썽쟁이 오빠들도

안아주고 업어주고 뽀뽀도 하고 번쩍 들어 응가도 시켜
준다

꼬마천사야 내일은 파란색 날개를 만들어 달아 줄게
은빛 비행기 날아다니는 연습을 해 볼까 팔을 주욱 벋고
운동장 저 멀리 하늘을 바라보며 맘껏! 진짜진짜 날아 볼
까

하늘못

가위로 싹둑 잘라버리고 싶은
투두둑 아무 때나 밑도 끝도 없이
끊어버리고 싶은
나날이언만
끈을 이어 올올이 꿰매고
끈을 이어 매듭을 새로이 묶으니
어쩔 수 없이 나는 당신의 종
당신의 끈입니다
새벽마다 한 발짝 더 높이 닿으리라
그 끈의 한 끝을 꽉 부여잡고
줄에 매달려 종메가 되어
땅을 박차며 훌쩍 뛰어오를 때
어느 날 느닷없이
나를 받아 주시니
늙은 사랑도 울음을 멈추니
보이지 않는 가슴에 가득한 하늘못
가벼운 숨결을 고요히 감싸안으며
비로소 진정한 당신의 종

내가 받은 이 행운은
바로 당신이 주신 자유로움

무지개빛 빛의 발자국을 따라서

나, 늘푸른나무로 성류굴 절벽에 홀로 서 있다면
눈 속에서 희푸르게 빛나는 자작나무로 돌아갈 수 있다면
처녀빛 젖몽우리, 한 송이 연꽃으로 다시 피어난다면

한 꺼풀 당신의 쇠심줄 끄나풀이라면
아니, 여리디여린 한 가닥 실오라기라면
가닥가닥 꼬아서 엮은 색색끈이라면
한낱 실오라기 목숨이지만 선뜻 바치겠습니다

당신을 좇아 타클라마칸 땅끝 마을까지 기어서
기꺼이 갈 수 있는 운동화끈
휘청 쓰러지는 등허리 흠칫 동여매는
독거노인의 나달나달한 허리끈
귀옆머리 흘러내리는 아낙의 촉촉이 젖은
목덜미 짭짤하게 보여 줄 머리끈도 좋겠습니다

(자, 가자 눈 뜨고, 일어나 가자)

그 옛날 옛적 파에 얽힌 먼 먼 동리의 이야기
제 어버이도 누이도 오래비도 잡아먹던
눈 뜬 장님들이, 파를 먹고 번쩍 눈을 떠
참사람으로 태어났다는, 이야기 주머니를 찾아가는 길
그 종이끈의 실마리를 풀면 더없이 기쁘겠지요

(자, 가자 눈 뜨고 일어나 가자)
애끈한 사랑으로 조이고, 풀고, 다시 매듭을 묶고
깜빡하는 찰나, 색색끈이 실실이 삭아서 툭, 투둑
끊어져 포슬포슬 빛먼지가 피어오를 때

캄캄한 흙 속 뿌리를 벗어나 줄기를 한껏 벗어나
푸른 다래를 벗어나 목화꽃 솜으로 첫눈을 뜨겠습니다
하느님, 다스한 손길로 제 작은 씨앗에 소리를 여물게 하소서

청람빛 신새벽 소리 없이 먼 길을 떠나시는 당신
빛바래기를 한 나, 너, 우리, 튼실한
무명無明 천으로 당신의 맨발을 감싸 드리겠습니다

꽃비 단비 그 모음母音

어디선가 마른 풀냄새 향긋한 바람결이
당신 곁에서 쉬다 맴돌다 가곤 합니다

어머니는 바싹 마른 대파 껍질입니다
검붉은 물무늬로 얼룩진 양파 껍질입니다
당신의 살가죽이 벗겨질 때마다
아가는 눈부신 알몸으로 새롭게 태어납니다

쉬지근한 땀 냄새 물큰한 젖 냄새도 어머니!
그 이름 그 안 자리를 선뜻 비켜 주셨지요

(어머니는 갓 잡아 올린 등 푸른 바다
생선 옆구리에 찔린 칼집입니다
퀭한 눈자위 당신은 마른 꼬챙이에
아가미가 꿰어진 금빛 황태입니다)

밤마다 가시면류관을 내려 바늘을 만듭니다
천 년에 새 천 년 다시 여덟 해 쉬임없이 예언대로

탱글탱글 아기목수를 낳아 푸른 풀밭에 눕혔지요
당신은 다소곳이 배내옷을 지었습니다

—— 네, 네, 하느님께서 부르신 몸
보잘것없는 이 몸은 당신의 끈입니다——
쉬임없이 맨발로 풀밭을 달려오시는 어머니
옷자락에는 흠빡 새벽이슬이 찰랑찰랑 구릅니다

당신의 피눈물은 밤마다 쌀가마니 가마니로
몇 말 몇 되나, 곱다라니 쌓으셨는지요?
(기뻐하여라 은총을 가득히 입으신 분을)
씨앗은 말씀으로 말씀은 다시금 씨앗으로

痛, 痛, 痛, 痛, 잘 익은 하늘수박 통째로 고스란히 바칩니다
(뼈에서 나온 그 뼈, 살에서 나온 선홍빛 살과 핏방울)
복되어라 어머니는 온몸 피멍으로 탯줄을 두른 채
이 초록별 지구를 또 몇 바퀴 굴려야 될는지요?

저 멀리 원두막의 불빛이 어렴풋 보입니다
당신이 머무시는 집 지으시려고
아기목수님 첫 손에 정성스레 대못을 잡으셨지요
간절히 바랍니다 어머니 그 열쇠고리의 끈 좀 나누어 주
십시오

도취

    다홍색보단 옅은 주홍색으로 살구빛보단 조금 여리게, 차고 있지만 말고 매듭을 살살 잡아당겨 귀주머니 보풀 안쪽으로 세어보다가, 다발 다발 붉은 기氣를 모아들였다가 묶고 봉하고, 조여도, 조여도 못내 왈칵 터뜨리는 폭죽. 색 색가지 목청 오글오글 뽑아놓는 자진모리의 휘이 휘 휘 몰이의 꽃. 꽃. 꽃—꽃비. 꽃 무덤.

4
실금은 소리의 그림이다

볼見

아파트 벤치 아래 소보록히 쌓인 늦 단풍잎
하릴없이 재잘대는 붉은 단풍잎 잎새 틈에서
초록빛 젖은 잎새 하나 처음으로 들여다보는
보는 이의 그 맘 문득 깨우쳐보는 마음, 보는

귀耳

일곱 난쟁이 아이들이 팽이채로 맘껏 내리치는 소리

비켜, 얌마! 저리 가, 금 안으로 들어오면 죽는다

때론 신음 참으며 골이 아프다고 체머리 흔드는

피아노 두드리며 심벌즈 울리며 좋다고 웃어제끼는

호두까기 인형 병정놀이에 신명나다 지쳐 곤히 잠든

내 귓속에 자리 튼 이명耳鳴, 숲속 어린이집은

행복하여라 그 마음씀은 홀로 행복하여라

물水

　본래 구름이었던 물, 본래 물이었던 구름. 그 구름에 얼굴을 씻는다. 참으로 오랜 동안 젖은 얼굴을 다스렸던 바람은 나의 슬픈 옷. 묵은 바람 소리를 뿌리치지 못했다. 잘 갈무리해 갈피갈피 잠재워 살았다. 몸 속에 타오르던 불꽃들을 옷으로 다스려야 했다. 오래 접혀진 깃 주름 속, 끌어안아야만 했다. 바닥에 숨겨 놓았던 제 살을 깎아 새 옷을 입혔다.

　그 위를 겹겹이 구름들은 용솟음치고 품새를 바꾸고 때론 몰아쳐 그리운 얼굴을 불러주었다. 얼굴들이 얼굴을 불러모았다. 아찔한 꿈길 바닥까지! 때로는 한 길 나락으로 굴러 떨어졌다.

　재게재게 물구름들이 빚는 새 얼굴. 주름이 깊이 패인다. 몸과 마음을 지극정성으로 낮춘 그림자가 길게 숨을 쉰다. 세월의 무게가 드리워진 수양버들 그림자. 연둣빛 잎, 잎잎이 자리를 내어준 새길. 초록빛이 새롭게 힘을 받은 저 얼굴! 짙은 얼굴이었다.

불꽃눈물

—— 드보르작의 첼로 협주곡

저 앙상한 절벽 쇄골 아래
깎아지른
깊은 얼음 덩어리로 묻혀 있다가

0.1mm의 틈새를 비집고
순도 99.999%의 활줄이
닿기만 해도
수백억 톤의 눈물이 쏟아져 내리는

봄빛폭포!

물방울 어롱진 나뭇잎 한 장의 설렘으로
당신의 허물을 다 가리자
콩알 한 알로 두 귀를 막지 않아도
우레 같은 고함 소리조차 자장가로 들리느니

사랑은 덧없이 허공에서
낭창낭창하게 부서져야만 하는

불꽃, 생살끼리 벼리는 불꽃알갱이

피치카토*, 첫참에
무지개빛 외나무다리로 건너야 하느니
오! 샹그릴라
그대의 머리에 소리의 꽃관을 씌워주나니

    * 피치카토 : 바이올린, 첼로와 같은 현악기의 현을 손끝
      으로 튕겨서 연주하는 방법.

피터팬이 메고 온 눈꼽재기 창문

혜화동 옛집 누구나 그 빨간 우체통에 코를 갖다 대면 냄새를 맡게 된다 고향이란 언제나 냄새라는 집배원을 두루 갖춘 우체국, 냄새는 어디론가 떠날 채비를 끝낸 채 편지봉투를 창문에 리본으로 묶어 두는 곳

대문 밖에서 잠긴 빗장문 틈새로

검지손가락을 조금씩 밀면 냄새가 코털을 젖히며 밀려든다. 고소한 깨 볶는 냄새. 쇠절구에 깨를 찧으면 마당 가득 몽울져 있던 봉선화 채송화 분꽃들이 한껏 콧방울 하늘로 제치고 기지개 켜던 하품 냄새. 바둑이와 하얀 삽살개가 좋아서 코를 벌름거리며 온 마당을 휘젓던 꼬리춤 비릿한 털 냄새. 느닷없이 수탉이 꼬꼬댁대며 기세도 좋게 날개를 퍼드덕대면 틀림없이 닭똥 냄새가 물컹 둥우리에서 내 손 안으로 느껴지던 분홍빛 달걀의 따스한 냄새. 어린 병아리의 분홍빛 눈짓 냄새. 마당 한가운데 가마니 깔고 놋그릇 닦던 기왓장 가루 냄새.

부엌 어둑신한 살창문 사이로는

잿빛 쪽창 턱에 놓여 있던 치분 봉지에서 흘러나오는 박하 냄새. 화아한. 맷돌에서 갈고 남은 팥가루 녹두가루, 비누 대신 거품 내서 썼던 비릿한 냄새. 번쩍 광솔 눈에 불이 붙으며 타는, 솔가지 타는, 참나무 타는, 때로는 밀짚이나 보릿짚 콩깍지 초가집 썩은새 타는 냄새. 산으로 들로 달리는 어린이들의 발곱 냄새. 땀 냄새. 참기름 발라 반들반들한 까만 가마솥에서 단오 전날이면 싱싱한 창포 잎사귀 삶던 냄새. 한겨울이면 꿩고기 다져 넣고 쪄내던 만두 냄새. 엄마가 굵은 부추 속 넣고 만들어 주셨던 뾰즈, 북경 거리의 낯선 바람 냄새. 해소 기침 때문에 가으내 봄내 명주 목수건 긴 긴 시간을 둘렀던 할머니 땀 냄새.

안방 미닫이문 왼쪽으로 스윽 열면

초배지 바른 풀냄새. 콩댐 들이던 냄새. 메주콩 쑤는 날이나 간장 달이는 날이면 윗목까지 장판 타는 냄새. 할머니가 빗접 풀어헤치면 솔솔 땋아 내린 머리 따라 풍겨 오던 동백기름 냄새. 얼레빗 참빗살에 낀 먼지나 때, 수북이 빠진 머리칼 엄지와 검지손가락에 감고, 빗살마다 쳐내던 먼지 냄새. 설날이 다가오면 깨다식 송화다식 다식판에 찍었던 할머니 손맛 냄새. 도마 위에 콩엿 깨엿 버무려 놓고 칼로 썰던 엄마의 앞치마 냄새. 봉선화 물들인 손톱으로 이모가 쓰던 편지지 냄새. 설빔, 내 꼬까치마 주름 따라 설레었던 금박 무늬 냄새.

아랫방 뒤 들창문을 힘껏 열어젖히면

뒤뜰 담 밑, 비에 젖어 쌓여 있던 통나무장작 향긋한 나뭇결, 바람 따라 잡으려던 냄새. 담쟁이덩굴 담 넘어 수녀님들 기도 소리 엿들으며 마음 졸이던 입 냄새. 까마중 꽈리 토마토 해바라기 씨앗들이 철 따라 내가 조금씩 철들듯이 익어 가던 싱그러운 냄새. 앵두와 살구가 어깨 미어지게 익어 가던 나무 그늘 냄새.

건넌방 눈꼽재기 창문을 앞으로 잡아당기면

  어둑신한 침묵들이 깜짝 놀라 반닫이 뒤로 숨던 냄새. 앉은뱅이 내 책상 위 나무 필통 속, 연필요정들이 날 기다리다 지쳐서 잠이 든 곤한 냄새. 여덟을 야듧이라고, 요강을 한사코 오강이라고 발음하셨던 고집쟁이 아버지의 손끝에 배었던 담뱃진 냄새. 엄지발톱이 퍼렇게 죽어 있던 발 냄새. 아버지 느닷없이 벼락 치듯 돌아가시고 내내 검은 그림자가 살던 냄새. 빛바랜 사진 속에서 아직도 스치는 도라지 위스키 냄새.

아래채 사랑방 미닫이문을 조심스레 열면

  할아버지의 지팡이 손잡이에서 나던 솔잎 냄새. 약수터의 단샘물 냄새. 왼쪽 서고에서 해바라기하고 싶다고 책들이 좀벌레 피해 몸부림치는 먼지 냄새. 내 책이랑 공책이랑 책 겉장 싸 주실 때 풀칠하며 입에 무셨던 파이프 담배 진한 냄새. 공책 두께만큼 백지를 덜어내고 맨 앞장에 가로

세로 줄 맞추어 연필로 칸을 그려 놓은 다음, 바늘로 일일
이 구멍 자국을 낸 쇠 냄새. 공책으로 쓸 수 있게 끈으로 엮
어 주셨던, 이 세상에 하나밖에 없던 미농지 공책 순수한
냄새. 손금마다 땀이 고였던 할아버지의 짭쪼름한 냄새.
인공 때 잡혀 가신 할아버지 내내 기다리면서 먼지 품고 살
던 골동품들이 남의 손에 넘어가며 한숨 쉬던 냄새.

어두컴컴한 광 여닫이문을 들킬라 바람이 살짝 열면

돌쩌귀 소리가 몇 밤 묵혔던 냄새 풀어내면서 시래기 엮
은 짚 부서질 듯한 냄새. 여리디여린 햇빛 문 틈새로 비집
고 들어와 흙 위에 쌓인 냄새. 대독 뚜껑 열면 쌀 보리 검은
콩 묵은 냄새. 오징어 멸치 북어 바닷물 그리워 바싹 마른
냄새. 곶감 대추 밤 젯상에 오르고 싶어 안달하는 냄새. 동
치미 우리 집 맛자랑 별미인 오이장아찌 짠지 시간 삭히는
냄새. 조기젓 항아리에서 곰삭히듯 이모 시집가던 날 할머
니 몰래 우시던 눈물 냄새. 내가 엄마 몰래 꿀단지 깨뜨려
놓고 항아리 뒤에서 숨죽이다 귀잠 든 쉬지근한 옷 냄새.

내 어린 친구 피터팬이 초록빛 지팡이를 몰래 가지고 와
지도를 그려 놓고 오늘은 어느 곳에 은방울꽃 소식을 보낼
까 어떤 우표를 붙일까 이 세상의 창문, 수많은 고향을 지
닌 창문의 시계를 들여다보는 사이 사이 메고 온 배낭 속의
원적지原籍地 이야기들을 묶은 리본의 매듭이 풀리는 사이
사이 저 벌린 입. 입. 입!

초금_{草琴}

천 년 동안 갈무리한 초록빛이 흐근산*을 넘는다

해어름, 그대 풀냄새 맡으려 바람 발자국을 밟는다

비릿한 양젖 따라 마른 소똥 따라 마유주 따라
시큼한 땀 냄새 따라 양고기 가죽 털 냄새 따라
돌무지 위 붉고 푸른 천 주름 겹겹이 목책 너머 날리는
흐릿한 라마 경 읽는 소리 따라 먹 냄새 맡으며

─가쁘게 가쁜 숨결로 말하지 말고 찬찬히 내게만 말해줘
풀밭에선 크고 작은 잎잎마다 온몸 붓 붓 붓으로 쓰러진다
분홍바늘꽃 보라엉겅퀴를 초록빛 바탕에 세필細筆로 그려
본다
─춥다고 옹송그리지 말고 당당하게 어깨를 쫙 펴 보아

수십만 개의 꽃송이 눈, 눈, 눈마다 게르의 불빛을 그려 넣
는다
온몸 붓질로 궁글리며 슬픈 야생마의 울음소리는 지운다

무지개이슬엔 그대의 손가락이 가리킨 어린 매의 날갯짓
을 그려 본다
푸른여우는 바람을 거슬러 초원 저 너머 어디로 숨었나?

천 년 동안 갈무리한 초록빛도 저기 흐근산을 넘으면
마음 닿는 곳까지, 풀밭에서는 온몸으로 파동치며
풀잎마다 꽃잎마다 울리는 울음소리 허미**가 들려온다

해거름, 초원에서는 노을도 초록 진초록 조개구름을 수
놓으면
우주의 소리를 한창 드높여 선홍빛 협주곡으로 울려 퍼
진다

  * 흐근산 : 몽골 울란바타르에서 멀리 떨어진, 초원이 있
     는 산.
  ** 허미 : 몽골의 전통 음악으로 한 사람이 동시에 두 가
     지 음성으로 부르는 신비한 노래.

서천西天으로 가는 길목

그는 죽어서 다시 태어난다면
양도 아닌 말도 아닌 야생화도 아닌
못생긴 돌로 태어나리라 했다

낮은 언덕 너머 언덕 끝도 없는
몽골의 푸르른 초원 그 어느 길가
길 가던 목동이 작은 소망 하나를
간절히 빌며 올려놓는 돌덩이라
한갓 보잘것없는 돌멩이라

거칠 것 없는 바람에 맨살을 드러낸 채
조금씩 패어 홈 자국을 간직하리
온몸 모래폭풍으로 묻힌들 어떠하리

하라호름 옛 수도 무너진 사원의
주춧돌 같은 간절한 소망은
아예 지녀본 적 없으니 마음 한 조각
돌 위에 돌로 말 머리뼈 옆에 기대놓고

돌비석이나 나한이 될 리도 없었으니
처음부터 동자승 얼굴은 될 일이 없었으니

오로지 친구는 돌멩이 낙타가시풀 패랭이바람뿐
희고 푸른 천 위에 가득히 찍혀 있을
그가 흘렸던 땀 헛된 눈물 오랜 침묵을
옴마니반메훔을 바람이 새겨 주리라 했다

후스테인누르 야생마들이 뛰놀고 있는 천국
어워*의 중심에 꽂혀 있는 간절한 소망의 푯대
나는 그 옆에 작은 돌조각 하날 올려놓는다

   * 어워 : 우리나라에 있는 성황당과 비슷하게 돌로 쌓아놓
    은 돌탑.

풀빛 초금草琴 소리 들으며

금강초롱 하늘나리 분홍바늘꽃
꽃잎들이 재잘재잘대는
내 눈부처 들여다봐
내 귓밥 잡아당겨봐
들리지! 파득이는 날갯짓소리

때로 혼자서 허방에 빠지잖아
때때로 울컥, 검은 피 같은
울음을 마구 토하고 싶잖아
흡! 숨결을 멈췄다가
마음 길 마음 눈 닿는 대로
야생화 가득 핀 풀밭을
좌악 일기장 넘기듯 펼쳐봐

파득이는 날갯짓 소리 들리지
너도 내 등에 업혀 오늘은
어린 왕자가 살고 있는
별나라로 쌩하니 돌아가는 거야

멋진 패랭이꽃 모자를 쓰고

여기는 몽골 울란바토르에서도
몇천 킬로미터나 떨어진
사막의 입구 후스테인누르 초원
광활한 야생의 푸른 풀밭에서
한낱 풀피리로 마음 길 새롭게 풀어보는

무너진 옛 사원에서

모래에 묻힌 바람은
발자국을 뒤집고
어깨를 들어올린다

살구빛 모래톱이
칭기즈 칸 약혼녀 보르테의
목주름 겹겹이 깊다

바람은 그녀의 배꼽
아래 덮여 있는
이끼풀로 그녀의 뺨
입술을 귓방울을 닦아준다

그녀가 흘린 짜디짠
눈물에 짓밟힌 발자국이
이슬 속 이끼를 밀어 올린다

바람의 뿌리는 흩어져

무너진 사원의 벽을
모래를 단단히 에워싼다
흩어진 벽돌을 일으킨다

하라호름 무너진
성벽 멀리서 까르르
몽골 아이들의 웃는 눈썹이
웃음이 초원 끝까지 한껏 푸르다

실금은 소리의 그림이다
— 나는 흐느낌과 눈물에 젖은 삶을 사랑한다

저 앵두나무 울타리 너머
다섯 살 고 계집애는 소꿉장 놀잇감
유리조각배에 갇힌 얼음공주였다가

저 살구나무 울타리 너머 열다섯 살 고 계집애는
'나의 청춘 마리안느' 가 사는
초록빛 성채의 그림 없는 액자였다가

저 탱자나무 울타리 너머 초승반달은 스물세 살의
난설헌 아씨마님이 설화지雪花紙 한 폭에 그려놓은
매화꽃울음향 향주머니를 묶는 매듭끈이었다가

저 측백나무 울타리 너머 마흔아홉 살의
조각 조각난 거울에 비친 햇살은
휘휘 휘늘어진 버들가지 실실이 연둣빛 이파랑
이파랑이 잎자루 결마다 스치는
눈먼 목동의 뿔피리 메아리였다가

정 둔 그 때 그 먼 먼 후스테인누르* 초원의 발자국을 돌
아온
　불수레바퀴 찬연한 빗살 속 야생마의 갈기를 쓰다듬으며

　네 진흙 손바닥에 또렷하게 새겨놓은 설형무늬들

　　　* 후스테인누르 : 몽골의 초원 지방.

호박꽃 친구

그날 그애는 날 보자마자
대뜸 '늙은젖' 이라고
별명을 붙여 주었다
손 내밀어 만질 듯
불쑥 안겨 올 듯
한바탕 까르르 웃었다

좋구나 아무러면 어떠랴
한때는 어여쁜 돌잡이
천도복숭아 같은 뺨
야드르르한 분홍빛 젖꼭질
남 볼라 가린 적도 있건만

자르르 찰진 기름기 도는
뜸 잘 들인 햅쌀밥 한 그릇
미루고 지어 주지 못한 일
마냥 눈의 못이 되었다

검버섯 난 얼굴 가리지 않고
우두커니 책상 옆 지켜주며
천진난만했던 어렸을 적
내 눈길 새롭게 일깨워 주는

옥바리 놋쇠 뚜껑 젖꼭지를 잡고
속엣말 한참 들어보는데

'늙은젖', 내일은 정월 대보름날이니
모처럼 목욕도 시켜 달라며
은행 잣 대추 밤 팥을 넣고
찰밥을 담아 먹어 보란다
내내 찰진 친구 삼고 살아 보잔다

숨독*
―― 순간 순간 거듭 태어나시는 하느님

흙으로 빚어놓은 자리
환하게 몸이 활짝 열린 크낙한 옹기의 전을
가만가만 쓸어보았다
(감히 주님의 목 언저리를)

바닥은 보이지 않았다 한 알의 알곡도 남지 않았다

성호를 조심스레 이마에서 그어 내리며
(그분의 이마를 가슴께를 어깨를 짚어본다)

조금은 투박한 옹기 안 벽면엔 두 개의 귀만
뾰주름히 솟아 의젓하게 독널을 받쳐 주고 있었다
(까칠한 옹기장이의 못 박힌 손길도 언뜻 스쳤다)
쪼개진 성체聖體 조각이라니! 무거운 가로대 독널은
눈가리개로 두 조각 반원으로 겹쳐져 맞물려 있었다

숨독의 독널 여닫이 문을 반쯤 옆으로 밀어 젖혔다
예까지 오기에 지친 듯 감감하게 한 소식 기다린 듯

옛 묵주默珠는 바닥에 숨죽인 채 누워 있었다

즈믄 해 지금까지
내 몸 안에서 잠자고 있던 쪽빛 묵주알들
그분들이 비워냈던 쌀알들(살점들)을 아로새기며
여문 꽃송이 알알이 그러모았다

──손발로 짓이겨대는 소리 주리를 트는 소리
몽둥이로 치대는 소리 불길 속에서 뜨겁게 단근질하는
소리

──나의 하느님, 나의 하느님, 어찌하여 나를
버리셨나이까?
──목마르다 (침묵의 바닥)

(그 옛날 숨을 불어넣었던 그분의 입김, 나를 새로이 빚어
놓았던 그분의 손길)
──이제 다 이루었다

고개를 떨어뜨리며 숨을 거두어들이시던
주님의 목소리가 가물가물 들렸다

가릴 곳 없이 부끄러운 이 살덩어리를 담은 몸항아리
가뭇없이 비운 채 끝내 조각조각 숨을 토하며 깨어지는
날
그분 발바닥 돌못으로 거듭 거듭 돌아가는 날은 한 처음
첫날처럼 기쁘겠습니다

    * 여주 세계 도자 비엔날레 〈성스러운 역사를 담은 도자〉
    특별전에 전시되었던 작품(2007년 5월). 숨독은 큰 대독
    인데 한가운데 아래쪽에 이중으로 가로대 독널을 여닫
    이 문처럼 해놓고 옛 교우들이 박해를 피해 그 안에 성
    물(聖物)을 숨겨 두었던 곳. 독널 위에다 곡물을 담아서
    관리들의 단속을 피할 수 있었던 조상들의 지혜를 엿볼
    수 있는 독.

바탕 거울

애초에 물을 잘못 들인 옷감은
물이 잘 빠진다
맑은 물에 헹구어도 헹구어도
엷은 색이 자꾸 빠진다
꼭 비틀어 짬질을
뽀드득 소리가 날 때까지 짰어도
아차! 깜빡 잊고 옆에
흰 수건이나 속옷을 놓았다 하면
영락없이 제 살붙인 줄 알고
아낌없이 색을 내어 준다

어찌 하랴 본디 무색無色이 되기란
이리 어려울 줄이야
희부연 저 한치도 보이지 않는
안개 같은 젖빛
젖빛 속으로 젖빛 속으로
바닥이 나달나달하게 닦는 옷거울
저 무색無色의 가벼운 허우적거림으로

카쉬*가 보는 헤밍웨이의 사진

큰 파도너울의 저 끝자락
눈 언저리의 주름을 펴며
죽은 듯이 솔숲에 기댄 섬
두 개의 섬이 보였다

하얀 수염들은
바람에 흩어져 날리며
낡은 악보를 귀 뒤로 넘겼다

작살은 어디로 갔나

먼 소나무 숲 사이로
그의 스러져 가는 집이 보였다

창문 두 개가 모래에
젖은 채 남아 있는
어린 고래소년이 읽던 악보를
바다가 하염없이 보고 있었다

큰 파도너울이 넓은
고래의 이마 위에 새로
몇 줄의 악보를 그려 놓았다

낡은 모래톱 끝자락
핏방울로 얼룩진 오선지 귀퉁이에
흰긴수염고래가 그린 쉼표를
유서遺書처럼 남겼다

    ＊ 카쉬 : 인물 사진으로 유명한 사진작가.

보았나? 진짜 진짜 웃음을 보았나!

번진다는 것은 넘쳐흐른다는 뜻이다 번진다는 것은 물결
치며 반짝이를 한가득 찬란찬란 뿌려 주는 일 한아름 선물
을 받는 일이다 안동 고택 마을에 들어서니 은행잎도 차르
르 한 옆으로 길을 내며 웃는다 꽃담의 기왓장들도 왁자한
구경꾼 품새 보려 어깨동무 삼아 와르르 무너지듯 웃는다
(가짜가 판을 치는 세상 가짜 웃음일랑 아예 물렀거라) 안
채 사랑채 창문들은 오랜만에 목 길게 늘이고 새파란 가을
햇살 받으려 두 팔 벋고 기지개 좌악 펴며 웃는다

누렇게 시든 잡초가 언뜻 보이는 뒤란에서 방금 나오는
저 양반님네, 옳거니! 왼손은 뒷짐진 채 긴 담뱃대 손에 들
고, 저 양반님네 갈지자 모양새로 웃는다 하회탈을 보라신
다 얼굴 조곤조곤 들여다보니 영락없는 진짜 웃음이다 커
다란 입은 반쯤 귀에 걸고, 눈두덩과 눈꼬리가 갈매기 파도
무늬를 지으렷다 눈썹도 꿈틀꿈틀 비스듬히 몸을 틀더
니― 진짜 흙으로 빚은 고추장 항아리 뚜껑이 쩍! 단번에
금이 가면서 벌건 대낮에 붉은 산 하나를 타 넘었겠다 콧구
멍은 아직도 벌름벌름 야살스런 부네*의 춤사위 배꼽 먼지

라도 후벼팔 양인지,

  앙글방글 웃다가 앙실방실 상긋방긋 웃다가 새물새물 빵
글빵글 웃다가 파안대소破顔大笑 홍연대소哄然大笑 박장대
소拍掌大笑 요절복통腰折腹痛 포복절도抱腹絶倒 웃다가 울다
가― 바람이 장구채 한 번 탁 내리치니 얼쑤! 고목 은행나
무에 가까스로 매달려 있던 은행잎들이 차르르 차르르 흩
뿌리며 지화자 지나온 길들을 지운다

  물도리동 고택 골목을 돌아 나오니 만송정 조선소나무들
이 한껏 맘껏 푸른 솔잎 웃음을 싸아하니 바람에 감는다 물
도리동 강물에 웃음이 찰방찰방 부용대 절벽 아래 정강이
를 간질인다 웃음이 반짝반짝! 번진다 때마침 해넘이! 황홀
하다 하늘도 감동한 저 불콰한 얼굴 좀 보시라 모처럼 만난
진짜 진짜 웃음판 고을이라니!

  * 부네 : 하회별신굿 탈놀이 여섯째 마당, 양반과 선비 마
    당에 나오는 소첩.

정념의 깊이와 여성적 비의秘意의 세계
── 노혜봉의 시

이 연 승

1. 실존적 주체, 시를 꿈꾸다

노혜봉 시인은 1990년 《문학정신》으로 등단하여 처녀 시집 『산화가散花歌』(민음사, 1993), 두 번째 시집 『쇠귀, 저 깊은 골짝』(현대시, 2000)을 발간한 이후 오랜만에 세 번째 시집을 출간하게 되었다. 오랜 공백을 깨고 발간한 시집이 다양한 시적 스펙트럼을 보여주고 있다는 점에서 흥미롭게 읽힌다.

특히 음악과 미술에 대한 심도 있는 감상에 바탕을 두고 씌어진 시들, 다시 말해 음악과 미술을 감상하면서 인식의 대상이나 범주를 확장시킨 일련의 시들(「피터르 반 데르 빌리허의 그림을 보며」, 「심금心琴」, 「불꽃눈물─드보르작의 첼로협주곡」 등)은 이미지의 조형 능력이 남다를 뿐 아니라 시인 자신의 존재성을 섬세하게 느낄 수 있다는 점에서 필자의 가슴에 다가왔다. 『산화가散花歌』에서 이미 확인된 바

있듯이 음악을 듣는 순간 시인의 마음에 그려지는 섬세한 이미지들은 시인의 유년기 체험과 관련되면서 풍성하고 아름다운 서정시의 비의秘意를 보여준 바 있다.

이번 시집에서 일차적으로 시인은 사물에 대한 정밀한 묘사의 원리를 바탕으로 대상에 대한 직관적 인식의 힘을 보여준다. 그 묘사의 원리는 대상의 표면만을 기술하는 정태적 상상력에 머무르지 않고 사물의 부재와 현존, 고요와 역동성, 의식과 무의식의 세계를 가로지르는 정념情念의 세계로 독자를 안내한다.

크나큰 바다를 한가득 품기로 한다. 구름이 가린 해를 불러들인다. 마음 졸여 하늘도 찬탄 그 이름으로 탄다. 언제부턴가 마음대로 그 옆에 자리한 큰 바위 하나 움쩍도 하지 않는, 끄떡도 하지 않는 그이도 오래 오래 바다에 갇혀 있는 포로. 그 옆에 타고 있던 모닥불 꼼짝없이 타오르고 있던 불꽃들은 오도카니 오오직 그 일만이 이 세상에 태어나서 할 일이라 온몸을 아낌없이 태워 버렸다. 해돋이다. 천 년 전에도 삼천 년 전에도 기다리던, 해돋이도 포로다. 그 황홀한 순간은 포로다. 너와 나의 잔잔한 울림, 자연은 아름다이 묵상 중.

―「아름다운 포로」 전문

본래 구름이었던 물, 본래 물이었던 구름. 그 구름에 얼굴을 씻는다. 참으로 오랜 동안 젖은 얼굴을 다스렸던 바람은 나의 슬픈 옷. 묵은 바람 소리를 뿌리치지 못했다. 잘 갈무리해 갈피갈피 잠재워 살았다. 몸 속에 타오르던 불꽃들을 옷으로 다스려야 했다. 오래 접혀진 깃 주름 속, 끌어안아야만 했다. 바닥에 숨겨 놓았던 제 살을 깎아 새 옷을 입혔다.

─「물水」에서

카이저(Kayser)나 슈타이거(Steiger)의 논리를 따르자면, 무엇보다 시는 대상에 대한 주관적 진술을 제시하는 실존적(existential) 장르이다. 다시 말해 서정시에는 시인의 주체성이 그대로 드러나게 된다. 위의 시들은 노혜봉 시인 자신의 주체성이 발현되는 지점을 묘사의 원리를 통해 제시하고 있는 시들이다.

해돋이를 소재로 하는 「아름다운 포로」는 너와 나의 경계가 해체되고 주체와 대상이 혼융일체되는 지점을 탐색하고 있다. 시의 물질성이 발현되는 지점은 사물과 인식이 만나는 그 접점이다. "이 세상에 태어나서 할 일이란 온몸을 아낌없이 태워 버"리는 "해돋이"는 일종의 절대 세계로서 일순간 체험되는 열락悅樂의 세계라 할 수 있다. 태워버리는 그 순간에 "포로"가 되고 마는 '절대'와의 관계 속에서 시인의 상상력은 곧 절대의 순간을 꿈꾸는 강렬한 의식의 지향성을 향한다. 그렇지만 이런 절대적 순간을 체험하는 일은 의식적으로 체험되거나 논리로 일일이 해명할 수 있는 것이 아니다. 그것은 오히려 의지와 의식을 소거시키고 자아를 소멸시킬 때 비로소 다가오는 순간적인 것이라 할 수 있다. 이러한 관계 속에서 시인은 자신과 자연의 관계를 설정하고 아름답게 "묵상"하는 지복至福의 서정적 순간을 그려낸다.

일종의 경물시景物詩라 할 수 있는 「아름다운 포로」가 단순한 풍경의 재현에 그치지 않고 어떤 절대적 세계를 꿈꾸는 시인 자신의 존재성을 열어보였다면, 두 번째 시 「물水」는 물의 순환성을 바탕으로 생명의 경이로움과 인생의 험난한 과정을 은유적으로 재현한다. 서정적 주체는 물이 빚어내는 순간의 역동적 움직임을 응시하며, 그 이면의 미세한 떨림을 포착한다.

이 시에서 물은 생명의 신성성神聖性과 연결되는 물질이면서, 동시에 작고 여린 생명들의 운동과 순환으로 채워지고 있다. "본래 구름이었던 물"은 그 자체로 물질적인 물을 초월하여 시인의 존재론적 인식을 담고 있는 은유적 상관물이다. "한 길 나락으로 굴러 떨어"지고 강하게 휘몰아치는 "바람"은 시인이 감당해야 할 인생의 고달픈 사건과 상처들을 암시한다.

시인은 물의 역류와 운동성을 통해 일상에서 마주치는 것들 속에 가려진 시간과 상처들을 암시적으로 읽어내는 독법을 취하고 있다. 그럼으로써 물이 빚어내는 드라마틱한 반전과 황홀한 순간을 수양버들 그림자인 "초록빛"으로 전이시키고 "물구름"들이 얼마나 생성적이고 근원적인지를 독자에게 묻고 있다. 시인의 상상력 속에서 물은 단순한 물질로서의 물이 아니라 자족적이고 근원적인 생명의 에센스로 거듭 태어난다. 물의 신묘한 힘은 "묵은 바람 소리"와 "주름"과 세월의 무게를 뚫고 "초록빛"의 얼굴로 전이되어 마르지 않는 생명의 소리를 완성하는 근원적 실체가 되고 있는 것이다. 이렇게 자연을 대상으로 한 노혜봉의 시들은 표면적인 묘사의 원리에 그치지 않고, 인간의 내면과 외적 자연물을 포섭하면서 동시에 시인 자신의 생명에 대한 자각을 담고 있다고 생각한다.

2. 결핍의 공간에서 유토피아 꿈꾸기

섬세하고 아름다운 묘사의 원리를 바탕으로 생명에 대한 경이로움과 애정을 보여준 시인이 현실의 결핍을 충족시킬 수 있는 근원적 공간으로 설정한 것은 다름 아닌 고향이다. 고향이라는 모티프가 새롭고 참신한 시적 소재는 아니지만, 시적 상상력의 중심에 놓여 있을 뿐 아니라 다양한 이미지들을 연계하는 통로가 된다는 점에서 분석이 필요한 부분이라고 본다.

본래 시인들에게 기억이란 가장 근원적인 시쓰기의 동력이기도 하다. 기억은 우리로 하여금 시간과 우리 자신의 실

존이 주는 무게감을 초월할 수 있게 해주는 인간적 동일화
에 대한 탐구 기능이다. 과거의 상처나 시련 , 고통에 대한
사건들 속에서 우리 자신을 확인함으로써 삶에 놓여진 불
가항력과 화해하거나 시간에 묻혀진 다양한 사건들을 경험
적으로 재현할 수 있게 된다. 이런 맥락에서 노혜봉의 시는
다양한 기억들의 드라마틱한 상호 침투 과정을 통해 끊임
없이 확대되는 역동적 텍스트라 할 수 있다. 그녀의 시에서
소박하고 아름다운 이미지들의 풍경은 특히 유년의 공간과
연결되어 있음이 주목된다. 그 기억의 한복판에 자리잡은
고향의 세계를 탐사해보도록 하자.

누군가 끊임없이 저 구멍에
넣어 주는 먹거리가 없이도
어처구니없이도

혓바닥으로 갈아서
입천장으로 갈아서
내미는 진득한 에센스,
즙, 유년幼年의

고향이라는 o의
작은 울림만으로도
저 향기가

온 땅 온 하늘을 덮기에

크낙한 언어의 밀알들이지
그 낟알 낟알이
흔들리는 그림자들과 어우러지는
소리 냄새 이름들

영원히 자라지 않는 소년이
살고 있는 이니스프리섬!
──「저 입, 고향이란」에서

내 어린 친구 피터팬이 초록빛 지팡이를 몰래 가지고 와 지도를 그려놓고 오늘은 어느 곳에 은방울꽃 소식을 보낼까 어떤 우표를 붙일까 이 세상의 창문, 수많은 고향을 지닌 창문의 시계를 들여다보는 사이 사이 메고 온 배낭 속의 원적지原籍地 이야기들을 묶은 리본의 매듭이 풀리는 사이사이 저 벌린 입. 입. 입!
──「피터팬이 메고 온 눈꼽재기 창문」에서

할아버지가 내 수판 집 만드시느라 발재봉틀로 시접선 따라 온박음질하는 소리. 이층 별장을 지으시느라 톱질하는 소리. 대패질 따라 나이테 무늬결 살아나는 소리. 화덕 불문에

풍구바람 일으켜 화아아 왕겨 불꽃 댕기면 추억이 발뒤꿈치
들고 종종걸음치는 소리.
──「피노키오가 보낸 섬백리향 편지」에서

고향은 세계와의 평화로운 공존을 이루어낼 뿐 아니라
유년의 행복한 순간을 환기하는 곳이고, "진득한 에센스"
가 넘쳐 흐르는 곳이다. 그리고 "영원히 자라지 않는 소년
이 살고 있는 이니스프리섬"이기도 하다. 그녀에게 시쓰기
는 근원에 대한 상실감에서 출발하는데, "혜화동"으로 자
리잡고 있는 유년의 공간은 "성당의 창문 스테인드글라스
포도 넝쿨을 타고 내려오는 종소리"(「피노키오가 보낸 섬
백리향 편지」)가 울려퍼지며 "싱싱한 창포 잎사귀 삶던 냄
새", "해소 기침 때문에 가으내 봄내 명주 손수건 긴 긴 시
간을 둘렀던 할머니 땀 냄새"(「피터팬이 메고 온 눈꼽재기
창문」)가 물씬 풍겨나는 곳이기도 하다. 언제나 풍성하고
아기자기하며, 넉넉한 품을 가진 곳으로 시인의 상상력을
자극하는 근원적 공간이다.
그곳에는 다양한 소리와 냄새와 맛이 공존하여 시인의
오감五感을 자극하고, 시인은 그곳의 주인공들인 할아버지
와 할머니, 어머니를 호출하여 그들의 말과 생활 세계에 공
명한다. 시인이 회상하는 고향은 새로운 경험으로 질서화
되며 그것이 우리가 잃어버린 마음의 유적지遺跡地임을 말
하고자 한다. 다양한 사물들의 나열과 함께 피터팬, 피노키

오 같은 동화 속 주인공과 인간의 행위가 의도적으로 열거
되는데, 이 모든 것들이 지향하는 바는 '혜화동'이라는 유년
의 공간 속의 생기있는 삶의 활력이라고 할 수 있을 것이
다. 특히 여성의 살림살이와 관련된 소품들―색색 골무, 생
목 자투리, 발재봉틀, 다듬이방망이―은 아주 자연스럽게
시인의 시에 용해되어 일상에서 시를 채록採錄하는 섬세한
감각을 엿보게 한다. 고향과 일상의 삶이 어우러진 그녀의
시편들은 독자에게 시를 읽는 즐거움을 선사한다.

3. 아픈 순간의 근원적 투시

현재를 과거로 투사함으로써 의식의 구심 운동을 보여주
는 시인 의식은 현재적 정념을 과거의 내러티브와 섞음으
로써 의미를 객관적으로 공명시키며 타인들과 정서적 동일
성을 이루고자 한다. 시인은 과거를 현재화함으로써 지나
간 생의 사건들을 반추하고 삶의 아픈 순간들을 의식의 수
면 위로 끌어올리기도 한다. 이번 시집에서 주목할 부분은
르네 마그리트의 미술 작품을 바탕으로 제3의 새로운 텍스
트를 창조한 시편들이 아닐까 한다. (「대화의 기술」, 「철학
적 등불」이 이에 해당하는 시이다.) 시집 『산화가散花歌』는
클래식 음악이 시인의 마음 속에 새겨넣는 다양한 파문들
을 형상화한 작품이 많았던 반면, 이번 시집은 미술 작품이

시인의 의식 속에 불러일으키는 이미지의 파노라마를 개인의 체험과 연결시켜 형상화하고 있다는 점이 흥미롭게 읽힌다. 사실 음악이나 미술 감상이 가져오는 공감과 정서는 매우 주관적이고 개별적인 영역에 속해서, 이를 바탕으로 새로운 작품을 생산하는 작업은 사유의 폭을 지나치게 제한하고 있다는 의구심을 불러일으킬 수도 있다. 그럼에도 불구하고 주관적 이미지들이 감추고 있는 시인의 욕망과 기억의 편린들을 엿볼 수 있기에, 시인의 시를 좀더 가까이 이해하는 하나의 방법이 될 것이다.

아무래도 어떤 기억은 바싹 마른 몇 잎의 잎사귀, 실금이 깊이 새겨진

색깔이 너무 곱고 아까워 언젠가 책갈피에 꽂아두었던 단풍잎 몇 장,

늦가을 좁쌀만 한 이슬이 흠빡 맺혀 있던 울음 방울들 어린,

암말도 못하고 틈새 속에서 오랜 침묵으로 버티던, 잊혀진 아버지의 이름, 깊은 심연 속에서 숨쉬고 있던 붉은 핏자국

마른 눈물이 푸른 하늘에 언뜻언뜻 구름 몇 조각으로 떠 있는 사이사이, 갸웃갸웃 단풍잎 몇 장으로 무늬를 꾸며 보는 날. 모처럼 아버지께 도톰하게 목화솜 햇솜을 넣고 새 이

불을 꿰매드리고 싶은 날
── 「자줏빛 흠집 ─르네 마그리트 그림 "기억"을 보며」에서

　고향 체험과 관련된 시편들이 상실된 동일성을 회복하고자 하는 열망과 근원적인 것에 대한 동경을 담고 있었다면, 위의 시는 시인 자신의 개인사적 체험과 직결되는 작품으로 고통의 회상과 치유에 대한 열망을 담고 있는 시로 해석할 수 있을 것이다. 유년 시절 시인의 아버지는 "통나무 목재"를 사러 출장을 갔다가 "술 취한 헌병이 난사한 흉탄"에 맞아 쓰러진다. 이후 시인에게 아버지라는 이름은 "붉은 핏자국"으로 남게 된다. 서른세 살 젊은 아버지의 죽음은 시인에게 처절하고 슬픈 사건이었음에도 불구하고 그림이 불러일으키는 이미지를 매개로 자신의 체험을 이야기함으로써 구체적인 사건이 가지고 있는 리얼리티의 무게를 탈피하고 미적인 거리를 유지하고 있다. 이러한 미적 거리는 아버지의 죽음을 회상하는 시선 속에 숨겨진 그리움이라는 시간적 거리감으로 확보되는 것이라고 할 수 있다.

　나아가 시인은 아버지께 도톰한 "목화솜 햇솜"을 넣은 "새 이불"을 마련해드리고 싶다고 진술함으로써 기억의 지층에 숨겨진 어두운 시간을 그리움의 영역으로 복원시키고, 감각적 실재를 초월한 어떤 근원적 손길을 느끼게 한다. 그것은 아픔을 치유하고자 하는 긍정과 여성성의 힘이다. 그녀에게 이러한 완성도와 깊이를 가능케 한 힘은 여성

으로서 시인이 겪어온 삶의 무게와 아픔이 아닐까 한다. 노
혜봉은 여성으로서 자신이 속한 현실의 삶 자체를 인정하
고 수용함으로써 여성적 존재를 초월한 어떤 존재론적 경
지에 들어서고 있다.

사막이 아름다운 것은, 어딘가에 오아시스가 있다는 말을
처음으로 들었을 때

그 오아시스가 이미 오래 전에 어딘가로 숨어 버렸다는
사실을,
신기루라는 사실을 확인하고 막막한 바람만 끝없이 불었
을 때

이 또한 자연이 주신 은총, 모두가 자연의 선물이니 기꺼
이 받으리라 낙타야 네가 걷는 이 발자국, 내 한 발자국이 바
로 오아시스 샘이니, 고삐를 잡아당기며 네 등을 밀면서, 기
쁘게 모래 속을 뒹굴며 나아가리라 시간을 지우며, 맞서서,
힘껏!

— 「은사恩賜, 카리스마」에서

시인은 거듭 삶의 어려움과 갈등에 놓이지만 이를 은총
으로 받아들이고 겸허하게 현실에 맞서 "시간을 지우며"
앞으로 나아간다. 그녀는 시 안에서 퍼지고 있는 어려움과

갈등을 애써 숨기지 않는다. 살면서 겪게 되는 슬픔, 절망, 고독 등은 그녀 시의 중요한 요소이다. 그래서 그녀의 시는 적절한 미적 거리를 유지하면서도 추상적이지 않고 충분히 사색적이다.

"사막"은 굴곡 많고 척박한 우리네 인생살이의 환유적 공간이다. 언제 나타날지 모르는 "오아시스"를 향해 매진하는 것이 우리의 삶이자 존재 이유일 것이다. 그렇지만 그 사막이 아름다운 것은 어딘가에 오아시스가 있기 때문이며, 고통이 있기에 인생은 역설적으로 살아볼 만한 가치가 있는 것인지도 모른다.

어둠의 순간에 빚어진 기억의 흔적을 다양한 언어의 풍경으로 보여준 그녀의 시들이 어떤 깊이와 아름다움을 가지고 이후에 다가올지, 사뭇 궁금해진다. 마지막으로 다음의 시를 인용하며 그녀가 갈망하는 구원의 시학이 삶과 유리된 관념의 늪이나 신비주의에 빠지지 말고, 삶의 한가운데로 깊이 파고들어가는 언어의 진경眞境을 보여주길 기대한다.

수천 번 새털구름을 보며 푸른 하늘을 보며 힘주어 올렸을,

오래 전 무덤 속에 파묻혀 지워진 길, 오! 아름다운 모래톱들,

멀리 저 높고 낮은 산의 능선들, 저녁 노을빛에 물든 끝없는 모래모래모래산

가자 가야만 한다 낙타야 일어서라 낙타야 술 취한 듯 가자 황량한 바람이 회초리질로
나를 내리친다 지워진 길을 찾으며 돌아보지 말자 모래 회오리질이 나를 강타한다 모래바람이 끝내 나를 일으켜 세운다 한 걸음 한 걸음 새 길을 다지며 가자

낙타는 모래에 잡히고 사람은 말에 묶인다

저 멀리 초승달이 낸 희스므레한 길 너머로 보이는 새하얀 하늘

— 「비단길 한가운데, 삶이란」 전문

노혜봉 시인
서울 출생. 성균관대학교 국문과 수학.
1990년 《문학정신》으로 등단.
성균문학상 수상.
시집 『산화가』 『쇠귀, 저 깊은 골짝』
한용운 위인 동화 『알 수 없어요』
이메일 : nohbon@hanmail.net

봄빛절벽
노혜봉 시집

초판 1쇄 발행일   2011년 8월 25일

지은이 · 노혜봉
펴낸이 · 김종해
펴낸곳 · 문학세계사
주소 · 서울시 마포구 신수동 345-5(121-110)
대표전화 · 702-1800, 팩시밀리 · 702-0084
이메일 · mail@msp21.co.kr
홈페이지 · www.msp21.co.kr(문학세계사)
www.seein.co.kr(계간 시인세계)
트위터 · @munse_books
출판등록 · 제21-108호(1979.5.16)

값 7,000원
ISBN 978-89-7075-514-4   03810
ⓒ 노혜봉, 2011